짧은 휴가

짧은 휴가

아는 사람도, 어떤 전제도 없는 시간들의 기록

오성윤 글 · 사진

어떤책

출판사와의 첫 미팅 자리를 기억한다. 처음 마주한 편집자와 나는 아이스 브레이킹을 겸해 두런두런 서로의 취향을 물었고, 와중에 나는 출판사 어떤책의 지난 발행도서들에서 느낀 점을 말했다. A 책의 이야기를 끌고 가는 오묘한 방식에 대해서, B 책의 2도 인쇄라는 한계를 매력으로 승화시킨 디자인에 대해서, C 책의 냄새에 대해서. 냄새? 편집자는 어리둥절해했다. 우리 책에서 냄새가 난다고?

"왜, 내지에서 라벤더 같은 묘하게 달콤하고도 무거운 냄새가 나잖아요. 그래서 어떤 종이를 쓰신 건지 되게 궁금했는데."

그는 여전히 의아해했다.

"무슨 냄새를 말하는 건지 모르겠는데, 아니 그런데 작가님은 책의 냄새를 맡아요?"

맡는다. 그건 내 오랜 버릇 중의 하나다. 마음에 차는 문장이나 대목을 마주치면 진정시키듯 책을 바짝 가져와 코를 파묻고 크게 들숨을 쉰다. 그러나 답변으로 곧장 그 사실을 내

놓지는 못했다. 편집자가 상당히 괴이쩍다는 표정을 하고 있었기 때문이다. 좋은 와인을 맛보면 정수리에 쏟아부어 샤워를 한다는 사람과 마주한 와인 애호가의 표정이 꼭 그랬을까. 나는 뭐라고 둘러댈지 잠깐 고민하다가, 그냥 책 냄새 맡는 버릇이 있다고 솔직하게 답했다. 냄새를 맡거나 샤워를 하지는 않을지라도, 분명 그는 지금껏 무수한 양상의 '책 변태'들을 만나 왔을 테니까.

집에 돌아와 샤워기로 정수리에 뜨거운 물을 쏟으며 생각해 보니 누군가에게 그 버릇 이야기를 한 것도 참 오랜만이지 싶었다. 예전에는 아무에게나 아무렇지 않게 그런 이야기를 했던 것 같은데. 책을 사고, 읽고, 소장하는 사소한 순간의 경험을 가능한 가장 정확한 표현으로 표현하고 싶어 했던 것 같은데 말이다. 글과 사진에 대해서도 그랬다. 어린 시절의 나는 마음 깊이 남은 글에 대해서, 아름다운 사진에 대해서 그야말로 맥락 없이 이야기를 늘어놓곤 했다. 만사 제쳐 두고 세심하게 설명을 했고 그러다 그것들이 다시 보고 싶어져 혼자 넋이

나가기도 했다.

영화나 음식에 있어서 나는 여전히 아무래도 좋을 이야기를 아무 때나 주절대는 사람이니, 단순히 성격이 변했다든가 하는 문제는 아닐 터였다. 어쩌면 내가 아니라, 책과 글과 사진이라는 매체의 처지가 변한 건 아닐까? 매달 출판물을 만들어 내는 일을 하는 동안 나도 모르게 그것들이 점점 외로운 입지에 처해 간다는 인식이 쌓인 것이다. 어느 순간부터는 책을 사거나 글을 읽거나 사진을 감상한다는 것 자체가 더 이상 보편적 일상의 범주가 아니었다. 그런 이야기를 하려면 우리 둘 다 그런 걸 하는 사람들이라는 합의와 적절한 맥락이 필요했다. 맥락이 찾아온다 해도 입을 떼기가 한결 어려워지기도 했고 말이다. 마치 나이 들어 자꾸 아픈 반려 고양이의 이야기를 대하듯이.

여행 이야기도 마찬가지다. 나는 무의식중에, 여행 이야기에 점점 가볍고 슬픈 구석이 생겨난다는 것을 감지해 왔다. 늘 '소설가 겸 여행가'라는 작가 소개를 달고 다니는 폴란드 작

가 올가 토카르추크가 최근 낸 에세이에서 주장했듯, 기술 발
전과 과도한 산업화와 지구 환경 변화 같은 것들의 복합적 작
용일 것이다. 트립어드바이저와 유튜브로 지구 반대편에서 내
가 무엇을 경험하게 될지 세세히 리허설할 수 있고 모든 이색
적 경험을 여행 상품으로 구매할 수 있게 된 시대에 다다라,
오직 기쁨과 흥분으로 말할 수 있는 것은 얼마나 남았을까?
의례처럼 돌아오는 여름 휴가와 겨울 휴가에 노동의 대가로
어떤 상품을 구매했는지 자랑하고 싶지는 않아서, 그렇다고
그걸 맨몸으로 부딪친 대단한 모험인 양 꾸며 내고 싶지도 않
아서, 나는 어느 순간부터 여행 이야기를 주저하게 되었다. 이
유는 오래도록 알지 못했지만 말이다. 어느 봄날에는 볕 좋은
카페 테라스에서 산티아고 순례길의 아름다움을 열렬히 예찬
하는 이를 마주하고도 도무지 기계적인 호응밖에 나오질 않
았다. 무엇도 궁금하지 않았고 하고 싶은 얘기도 없었다. 얼
른 다른 화제로 넘어가면 좋겠다는 생각도 들었으니, 그 생각
은 스스로에게도 놀라운 것이었다. 나는 그렇게나 여행과 여

행 이야기를 좋아했던 사람인데, 한 해에 일고여덟 번씩 해외를 떠돌고도 더 여행 가까이에 살고 싶어 무작정 여행 잡지에 취업까지 했던 사람인데, 하고 말이다.

그래서 나는 농담으로 하루를 보내다 익명으로 운영하는 블로그에만 이것저것 잔뜩 진심을 늘어놓는 음험한 사람으로 살았다. 블로그는 정말 혼잣말 같은 플랫폼이기 때문이다. 하지만 다들 알다시피 블로그는 인터넷을 헤매다 우연히 클릭한 누구라도 생면부지 타인의 혼잣말 박물관을 둘러볼 수 있는 플랫폼이기도 하다. 결론을 말하자면 이 책은 그 블로그 덕분에 만들어졌다. 내용부터 형식까지 둘 사이에 비슷한 구석은 없지만, 블로그가 내게 여전히 이야기를 나눌 사람들이 있다는 것을 알려 주었다는 측면에서. 도무지 통상적인 이야기 전개 방식을 따를 줄을 모르는 글, 아름답기보다는 차라리 누군가의 가슴에 파문이 되기를 바라는 사진들, 완벽한 한 세계가 되어 다시는 텍스트와 디자인으로 해체되지 못하는 책, 여행지에 대한 어떤 정보도 알려 주지 못하는 산문시에 가까운 여행담…… 그런 것들을 좋아하는 사람들이 있다는 사실에, 그저 혼잣말을 하고 있던 나는 틈틈이 놀랐다. 그리고 덕분에 뭔가를 만들 생각을 할 수 있었다. 몇 달간 맹목적으로 오래된 여행들에 대한 원고 수십 편을 쓰고, 혼자 책 편집 프로그램을 공부해 이리저리 여행 사진을 배치해 보며 밤을 지새울 수 있었다. 그러면서도 응당 그 일에 수반될 만큼 외롭거나 괴롭지 않았다. 아무런 확신이 없었다고 생각했지만 지금 보니 어느 정도는 있었다고 말해야 할 것이다. "우리가 사랑해 마지 않는 것들은 가라앉는 섬이나 외곽부터 무너져 가는 도시처럼 점점 작아져만 가고, 그러나 내가 진실로 아름답다고 느끼는 건 여전히 그것들이다." 그렇게 털어놓을 때 저기 어딘가 수긍할 사람들이 있다는 것을 나는 알고 있었다.

이 책이 오직 그런 이들을 위한 것이라는 뜻은 아니다. 나는 글, 사진, 여행, 책을 잘 조합해 그것들의 유효기한이 지났다고 생각하는 이들에게도 권할 만한 뭔가를 만들어 내고 싶었다. 욕심만큼 잘 구현이 되었는가는 몰라도. 책을 만드는 동안 습작을 주위 사람 몇에게 보여 주었는데, 그때 받은 감상들이 확신이나 위안이 되었다. 개별적인 감상보다도, 그들이 재미있게 읽었다는 에피소드가 제각각이라는 사실이 위안이었다. 그들은 그 에피소드를 이야기할 때 꼭 자신의 경험을 보태고 싶어 했다. 그래서 나는 이제 내가 뭘 얼마나 잘 쓰고 잘 찍었는가보다 책을 읽을 사람들의 사정이 궁금하다. 다소 엉뚱한 기억을 지시하는 글과 이미지 들을 당신이 어떻게 멋대로 해석하고, 어떤 여행 기억을 불러들여 어떤 이야기를 만들지가 궁금하다.

메타포라고 해야 할지 사족이라고 해야 할지 모르겠는데, C 책에서 난다고 생각했던 냄새는 청담동 유명 파티셰리의 케이크 냄새였다. 잡지의 디저트 화보를 촬영하고 가방에 케이크를 넣어 뒀었는데, 그 향이 가방에 함께 든 책에 배었던 것이다. 아무튼 이제 나는 C 책을 생각할 때 꼭 그 냄새를 떠올린다. 바이올렛 시럽의 묵직한 제비꽃 향. 내 오해 때문에 어떤책의 편집자인 김정옥 대표가 그 책의 냄새에 어떤 인식을 갖게 되었는지는 모른다. 미안하게도. 그에게 감사하다는 말도 해야 한다. 혼자 작업했던 무수한 새벽들 때문에 내게는 이 책이 갖춰야 할 태도에 대한 완고한 생각이 있었고, 지금 교정지를 다시 훑어보건대 그는 의욕이 앞선 주장들 사이에서 먼지를 잘 털고 핵심을 건져 준 것 같다. 엉터리 같은 아이디어들을 멋진 작업으로 만들어 준 데에 감사하자면 석윤이 디자이너의 이야기도 해야 한다. 지난날 혼자 만들었던 인디자인 파일을 오랜만에 열어 보니 웃음밖에 나오는 게 없었다. 자신이 얽힌 이야기나 찍힌 사진의 사용을 허락해 준 이들에게도 감사를 표한다. 여전히 어두운 방 안에 혼자 앉아서, 지금 이 순간 나는 그것들로 썩 재미나 의미가 있는 일을 했다고 느낀다.

차례

서문 4

옥상 담배와 낯선 아침과
이국 도시에서의 달리기에 부쳐

바닷마을에서 아직 바다를 보지 못한 채 담배를 피운 적이 있다. 일몰 즈음에야 도착한 싸구려 모텔의 옥상에서 0.6밀리그램 던힐 세 대를 태웠다. 그랬다는 건 지금껏 누구에게도 하지 않은 이야기다. 딱히 비밀이어서는 아니고, 그냥 누군가에게 들려줄 만한 기회가 없었다. 오만 여행 중에 여기저기 기웃거리다 예정보다 늦게 무스카트에 도착했고, 체크인하자마자 모텔의 옥상에 올랐고, 담배를 피우는 동안 해가 저물었고, 곧 객실로 돌아와 아무렇게나 벌여 놓은 짐을 정리했고……. 이렇게 아무 스펙터클 없는 이야기를 여행담이랍시고 누군가에게 들려줄 만한 상황이라는 게 과연 존재하기나 할까? 그러나 정작 나는 매번 그 기억의 강렬함에 사

Muscat, Oman

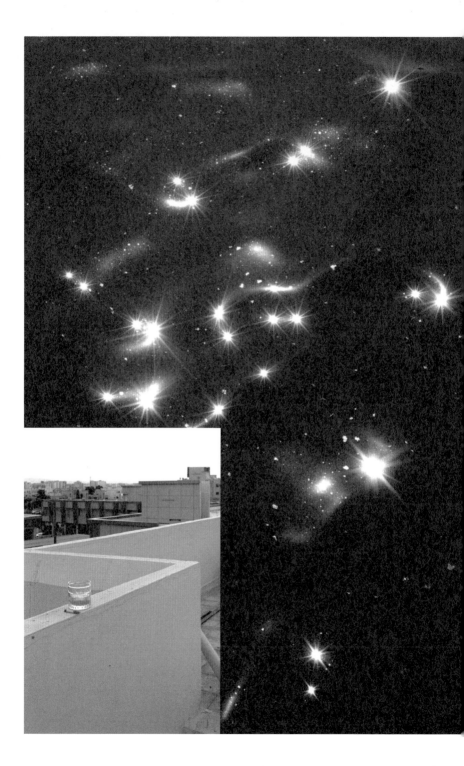

로잡힌다. 어쩌면 기억 자체보다, 그 기억을 더듬는 주문 같은 문장에.

　　바닷마을에서, 아직 바다를 보지 못한 채,
　　담배를 피운 적이 있다.

속으로 그 문장을 되뇌일 때 내 머릿속은 노을빛이 일렁이는 해수면을 본다. 상공에서 오만만海 특유의 군청색 바다를 내려다보는 그 시선은 천천히 방향을 틀어 샤티 알 쿠룸Shati al Qurum 해변으로, 마을로, 긴 하루를 정리하는 마을 사람들 위로 향하고, 이내 3층짜리 크림색 건물 옥상에서 담배를 피우는 내게로 이른다. 물론 그 모든 것은 허상이며 그날 저녁에도 내 두 눈은 허공이 아닌 내 코와 이마 사이에 박혀 있었지만.

　　어느 아침에 대해서도 나는 여태 한 번도 말하지 못했다. 아침이야 늘 눈을 뜨면서 느닷없이 시작되지만, 언젠가 잠에서 깼을 때, 놀랍게도 그곳은 오스트리아 빈이었다. 부스럭거리는 흰색 면이불 위, 좁지만 커다란 창이 있는 방. 300년 전에는 빈과 이탈리아 트리에스테를 오가는 우편마차의 정거장이었던 호텔이라고 했다. 그런데 바로 그 이야

Wien_Austria

기가, 처음 들었을 때는 분명 마케팅 영역의 스토리텔링 같았고 어젯밤 체크인을 할 때는 기억조차 나지 않았는데, 아침에는 기이하리만치 매혹적인 사실이 되어 있었다. 새삼 이상한 일이었다. 커튼 사이로 새어 들어온 아침볕 때문이었을까? 볕이 방 안의 가구들에 부드러운 빛과 깊은 어둠을 드리우고 있었다. 주황색 패브릭을 씌워 소파처럼 보이는 의자와 어두운 대리석 상판의 테이블, 듬성듬성 옹이가 있는 연갈색 목재 플로어까지. 아니, 바닥재는 펠트였던가. 이랬던가 생각하면 기억 속의 방에 목재가 깔리고 또 저랬던가 생각하면 회색 펠트 바닥재가 깔려서, 결국 나는 지난 여행수첩을 꺼내 뒤적여 보았다.

놀라운 점은, 나의 꼼꼼한 여행수첩에 그 아침에 대한 무엇도 적혀 있지 않다는 사실이었다. 아마 그저 잠깐의 묘한 감각으로 그 순간을 스쳐 보냈던 것이리라. 당시는 그런 종류의 감동을 자각하고 의식의 세계로 낚아 올리기 어려운 시대였으니까. 지구 반대편의 오스트리아라는 나라, 빈이라는 도시, 300년 된 건물에서 눈을 뜨는 경이로운 경험을 꽤나 손쉽게 얻을 수 있는 날들이었다. 길을 떠나려면 도적을 만나거나 식중독에 걸려 죽을 가능성을 감수해야 하는 시대도 아니었고, 전 지구적 전염병 걱정을 해야 하는 시대는 더

더욱 아니었다. 여행삯을 감당하기 위해 스스로의 입지와 경제 상황을 반추하고 냉정하게 평가할 필요도 없었다. 그때는 그랬다. 여행이 그렇게 가볍고 손쉬운 행사였다. 그러니 여름 휴가가 어땠냐는 질문에 누군가 '새로운 세계에서 눈을 떴던 감동'을 늘어놓았다면 나라도 어리둥절했을 것이다.

여행수첩 속 빈 여행 첫째 날의 기록은 조깅에서 시작하고 있었다. 여행지에서 나는 아침에 으레 달리곤 한다. 여행까지 가서 운동을 하느냐고 묻는 사람도 있지만, 나는 그렇기 때문에, 여행지기 때문에 달리기를 한다. 그건 일상의 달리기와 전혀 다른 행위다. 어떻게 설명을 해야 할까. 일단은 마음가짐, 복장부터 좀 다르다. 집에서야 손에 잡히는 대로 입고 나가 달리면 되지만 여행 트렁크에 옷을 챙길 때는 그보다 세심한 고민을 하게 된다. 기본적으로는 날씨를 고려해 빼먹는 것 없이 준비를 하려는 것인데, 그러다 보면 꼭 그곳에서 달리는 내 모습이 연상되고, 곧 착장을 이리저리 바꾸게 되는 것이다. 이를테면 홍콩 여행 때 그 결과는 이랬다. 섬홀이 있어 손바닥을 감싸는 회색 긴팔 상의, 검은색 7부 레깅스, 진회색 쇼츠, 민트색 바람막이, 주황색과 청록색이 섞인 러닝화. 상상 속의 나는 온갖 종류의 낡음과 컬러가 뒤섞인 금붕어 시장, 꽃 시장과 새 시장을 휘파람 같은 행색

으로 달리고 있었기 때문이다.

내 삶의 터전을 달리는 일과 남의 도시를 달리는 일이라는 관점에서도 둘은 비슷할 수가 없다. 전자는 관행이고 후자는 탐색이다. 이국 호텔의 로비층으로 내려오면 나는 바로 뛰쳐나가는 대신 꼭 안내데스크에 들른다. 몇 킬로미터, 몇 분 정도를 달릴 예정이라고 알려 주면 컨시어지가 기가 막히게 꼭 들어맞는 러닝 코스를 고안해 낼 테니까.

달리는 중에도 행인들을 붙잡고 길을 물어야 한다. 설령 아는 길이라 해도 말이다. 질문들이 입 밖으로 나올 때, 그 소리는 스스로에게도 새삼 명징하게 가르쳐 준다. 당신은 지금 머나먼 이국 동네에서 달리기를 하는 사람이라고. 일말의 연결점이 없는 타인과 "좋은 하루 보내라"는 인사를 주고받을 수 있다는 것도 큰 장점이다.

이 대목에서 홍콩에서 아침 달리기 중에 마주친 남자의 이야기를 해야 한다. 내가 동물원 가는 길을 물었을 때 그가 보였던 반응, 그걸 이야기해야 하는데…… 그러나 안타깝게도 그 부분이 잘 기억나지 않는다. 마치 반려견에 쏟아진 관심에 뿌듯함을 숨기지 못하는 견주처럼 행복해했던가? 좋아하는 뮤지션에 대해 질문을 받은 음악 애호가처럼 할 말이 너무 많아서 못 견뎌 하는 얼굴이었던가? 누구에게도

말하지 못한 바람에 어떤 것들은 머릿속에서 영화 같은 것
이 되어 버렸는가 하면, 또 어떤 것들은 그 강렬한 잔상만 새
기고 파도처럼 사라져 버렸다.

친구 하나는 내게 자중할 시간이 필요했다고 말했다. 2020년
늦여름께 논현동의 한 카페에서 나온 얘기였고, 무슨 소리
인가 했더니 여행 이야기였다. "너무 자주 나갔잖아. 허겁지
겁, 무슨 갈증 난 사람처럼. 이 시간이 지난 여행들을 천천
히 소화시키는 시간이라고 생각해 봐." 나는 잠깐 머뭇거리
다가, 그런가, 대충 대꾸했다. 욕구불만이 머리끝까지 차 있
던 시기였기에 순간적으로 친구의 얼굴에 커피를 촥 뿌리
며 "네가 내 소화력에 대해 뭘 알아? 내가 여행일지를 얼마
나 세세히 쓰고 여행 사진을 몇 번이나 두고두고 다시 정리
하는데" 소리 지르는 상상도 했으나(아니, 실제로 그렇게 대
꾸했던가. 커피는 안 뿌렸던 것 같은데), 시간이 지나고 보니
친구의 주장에 맞는 구석이 있었다. 휴지기가 갖는 의미가
분명 있었던 것이다. 언젠가부터 오래된 여행의 순간들이 맥
락도 없이 떠올랐고, 나는 방 안에 갇혀 버렸다고 느낀 새벽
들 내내 천천히 그 기억들을 곱씹었다.

　　굳이 그 친구의 말, '소화'라는 표현을 상기한 이유는

내가 떠올린 순간들이 지금껏 한 번도 쓰이거나 말해지지 않은 것들이었기 때문이다. 나는 지금껏 꽤 많은 여행기를 써 왔다. 잡지 에디터로서, 익명의 여행 블로그 운영자로서, 혹은 단순히 기록광 여행자로서. 다만 어떤 경험들은 사소하다거나 맥락에 맞지 않다는 이유로 원고지나 머릿속에서 영영 누락되기도 했을 것이다. 그것들이 이제야 새삼 선명해진 것이다. 왜일까? 미처 문장이나 스토리로 정리하지 않은 덕분에 더 본질적인 충격과 감동으로 남은 것일까? 아니면 거대한 모험담들에 밀려 제자리를 갖지 못했던 사소한 순간들, 아무런 계획과 목적 없이 그저 마주친 경험들, 그 속에 숨은 여행의 진가를 이제야 제대로 보게 된 것일까? 나는 내가 삶 그 자체라 혼동하는 내 일상, 내 직업, 내 관계들에서 벗어나 보려 시시때때로 멀리 떠나곤 했으나, 모르는 동네에서 며칠 보낸다고 그런 게 가능할 리 만무했다. 하지만 예기치 못한 몇몇 순간에는 비로소 마음속 깊은 곳까지 어떤 전제에도 속하지 않은 채 세상을 마주했을 것이다. 그런 순간을 떠올릴 때면 마치 그 순간 내가 온전히 나 자신으로서 존재했던 듯한 느낌이 드니까.

누군가는 이런 이야기가 좀 감상적이거나 거창하다고 생각할지도 모르겠다. 여기까지 써 놓고 나 스스로도 그렇

게 생각했으니까. 너무 감상적이고 거창한 것 아닌가, 여행이 그래 봐야 여행 아닌가, 하고. 어떻게 들릴지는 모르겠지만 나는 그런 생각에도 썩 동의한다는 것을 알려 드리고 싶다. 이 책은 그저 아름다운 곳에서 담배 한 대를 태웠다는 이야기다. 낯선 곳에서 깬 어느 아침에 대한 이야기고, 조깅을 나섰다가 마주친 지구 반대편 누군가의 표정에 대한 이야기다. 아, 그 이야기는 기억이 잘 나지 않아 얼버무렸던가? 그럼 대신 그 후의 이야기를 덧붙여 글을 끝맺으면 좋겠다.

홍콩에서 달리기를 마치고 숙소로 돌아왔을 때, 홍콩의 숙소 역시 새삼 낯선 곳이었다. 나는 현관에 서서 아무것도 못 하고 잠깐 우두커니 있었다. 침대를 구경하느라고 그랬다. 새벽녘에 이불과 잠옷을 아무렇게나 팽개쳐 둔 침대에는 고운 아침볕이 내려앉아 있었고, 그 광경은 마치 어제와 오늘이 어떻게 다른지를 감각으로 알려 주는 것 같았다. 어쩌면 내가 어떤 인간인지에 대해서도 알려 주는 것 같았고. 내가 어느 나라 사람인지, 몇 살인지, 어떤 직업을 가졌는지는 그때 더 이상 나와 연결되어 있지 않았다. 나는 그저 모르는 삶 속으로 망설임 없이 달려 들어갈 수 있는 존재였다. 아무 골목으로나 멋대로 접어들 수도, 그러다 멈출 수도, 변덕처럼 한순간에 모든 계획을 뒤집을 수도 있는 존재.

그리고 이제 또 어디로든 갈 수 있는 존재.

여행은 이제 시작인 것이다.

선지자들이 모두 떠나간 후에는

무수한 이사와 이직을 거치며 살아오는 동안 알게 된 사실 하나. 우리의 몸이 어디로 떠나든, 대체로 마음은 함께 가는 법이 없다. 마음은 먼저 가서 기다리거나 뒤늦게야 따라 붙는다. 거의 환상에 가까운 기대감으로. 혹은 아 내가 정말로 떠나왔구나, 하는 뜬딴지 같은 실감으로. 그러므로 여행은 언제 시작되는가. 그건 쉽지 않은 질문이다. 무거운 캐리어를 끌고 집을 나설 때? 비행기 창 너머로 펼쳐지는 미지의 땅을 볼 때? 여행지 공항을 벗어나 첫 숨을 들이쉴 때? 아니면 그보다 훨씬 전, 이국의 흥미로운 장소들을 검색하고 계획을 짤 때? 알 수 없다. 무수한 변수들 틈에서 나는 내 여행의 시작점이 언제일지 도무지 예측할 수가 없고, 늘 그 순간

34

Şanlıurfa_Türkiye

에 속하고 나서야 우뚝 멈춰 설 뿐이다.

걸어서 샨르우르파를 한 바퀴 돈 건 단순히 시간이 남아서였다. 튀르키예 남동부 출장의 첫 행선지였던 그곳에 도착했을 때 세 시간쯤 휴식 시간이 주어졌기에. 사실 그 시간은 길고 긴 비행과 본격적인 스케줄 사이에 체력을 좀 충전해 두라는 의미였을 텐데, 비행기 안에서도 썩 잘 자는 나 같은 사람에게는 그저 자유 시간이었다. 그래서 나는 편한 옷에 카메라 하나 걸치고 쫄래쫄래 길을 나서게 되었다.

호텔 입구를 빠져나올 때까지 미처 알지 못했던 것, 그것은 출장 중에 그런 식으로도 여행이 시작될 수 있다는 사실이었다. 오래전 딱 한 번 둘러봤을 뿐인 그 동네 샨르우르파가 지금껏 생생히, 특유의 서정적 뉘앙스를 띤 채로 남아 있다. 기대가 없었기 때문에 감동도 컸던 것일까? 집 앞만 산책해도 부풀어 오르는 맑은 9월의 가을날이었기 때문은 아닐까? 어쩌면. 아마도. 그러나 아무리 생각해도, 그 짧은 산책이 이토록 큰 기억으로 남은 이유는 그곳이 바로 샨르우르파였다는 데에 있다.

튀르키예 남동부 사람들은 자신들의 고향이 '약속의 땅'이라 믿는다. 성경 속 노아가 거대한 방주에 동물들을 태워 다다른 풍요로운 땅이라고. 내륙 깊이 자리한 작은 마을 샨르우르파도 마찬가지다. 아디야만 공항에서 샨르우르파 시내로 향하는 길에는 '황무지'라는 표현이 절로 떠오르는 황색 평야만이 이어져 있기에 혹자는 '전설은 역시 전설일 뿐인가' 실망할 수도 있겠으나, 보기와 달리 그 땅에서는 온 갖 작물이 부족함 없이 자란다. 피스타치오, 밀, 보리, 녹두, 포도, 목화, 고추까지. 비옥한 땅은 거기서 나고 자란 사람 들에게도 영향을 끼친다. 일단 동네 청년들은 외국인을 마 주치면 으레 말을 걸고 이것저것 알려 주려고 한다. 적대감 이나 상술이 아닌 오직 호의를 품고서. 영어가 통하지 않기 때문에 어떤 조언도 별 도움이 되지는 않지만 아무튼 손을 이리저리 뻗고 지명을 외쳐 가며 여행자보다 열심이다. 언어 의 장벽 앞에서도 금방 포기하지 않는 여유와 열정, 그런 것 도 샨르우르파의 특산물이라고 할 수 있을 것이다.

차이(튀르키예식 홍차) 가게 주인도 전형적인 샨르우 르파 사람이다. 치노 팬츠에 옥스퍼드 셔츠 같은 서양식 일 상복 차림이지만 쿠피(이슬람 문화권의 니트 모자)를 짧은 비니처럼 쓰고 있으며, 영어는 한마디도 하지 못한다. 그러 나 여행객을 마주치면 차 한잔 마시고 가라며 열심히 수신 호를 보내고, 여행객이 값을 치르려고 하면 손사래를 친다. 고작 1리라짜리지만 대접은 대접이다. 찻집은 주중 낮에도

거의 만석이다. 명목상 찻집이지만 사실상 오케이(루미큐브의 기원인 튀르키예 전통 게임) 게임장이기 때문이다. 나이든 남자들이 한낮부터 모여 앉아 담배를 피우고 홍차를 마시며 보드게임을 한다. 나는 당신이 이 단어들의 충돌을 천천히 되새기고, 그 태평하고 귀여운 광경을 상상해 보길 바란다.

그들이 속한 세계를 묘사하는 일이 아이들 장난감 같은 숫자 칩과 담배를 쥔 그들의 손을 상상하는 데에 도움이 될 것 같다. 할레플리바흐체Haleplibahçe는 샨르우르파 남부의 민가 밀집 구역이다. 몇 년 전에 완공된, 튀르키예에서 가장 큰 박물관인 샨르우르파 고고학 박물관Şanlıurfa Archaeology Museum을 품고 있지만, 마치 거기에 그런 게 있는지 잘 모르는 듯 호젓하다. 이 부근 집들은 모두 키가 작고 파스텔 톤의 온화한 색을 띠고 있다. 틈틈이 벽돌을 쌓아 지은 집도 섞여 있고, 또 틈틈이 화려한 전통 타일로 외벽을 감싼 집도 있다. 어느 하나 새로 지어진 게 없는 낡은 동네지만 바닥에는 아스팔트 대신 벽돌이 깔려 있고, 곳곳에 가로수가 심겨 있어 어딘가 그리운 느낌을 낸다. 뭐 그리 먹일 사람이 많은지 되네르 케밥과 쾨프테를 파는 식당 안에서는 네댓 명의 남자가 쉴 새 없이 일을 하고 있고, 문구점 앞에는 척 봐도 몇 년은 그 자리에 그대로 있었을 것 같은 상품들이 걸려 있다. 조악한 품질의 미니마우스 가면 1리라, 제대로 튕기지도 않을 것 같은 작은 농구공 10리라.

마을과 박물관 사이 대로를 따라 쭉 걸어 내려오면 물고기 연못이 나온다. 그게 바로 이름이다. 발륵르괼Balıkıgöl, 물고기 연못. 샨르우르파가 '선지자의 땅'이라 불리는 건 노아 때문만은 아니다. 욥, 엘리야, 모세, 아브라함에 이르기까지 구약 성경 속 많은 인물이 샨르우르파와 인근 지역에 살았다. 아시리아의 왕 님루드는 우상숭배를 명목으로 아브라함을 화형에 처했는데, 기적이 일어나 불길은 순식간에 연못이 되고 나무 장작들은 물고기가 되었다고 한다. 그게 바로 발륵르괼이다. 종교가 없는 자에게 이 거창한 전설이 무슨 의미가 있겠냐마는, 아무려나, 믿는 자들이 신실한 마음으로 꾸며 놓은 연못 부지가 퍽 아름답다. 신앙심이나 건축 기술이 어떤 조화를 일으켰는지는 몰라도 그 부근만 햇살까지 더 영롱하다.

여행자들은 연못 앞에 바짝 붙어 도무지 눈을 떼지 못한다. 십중팔구 단순 관광객이기보다는 순례자들이다. 그러나 마을 사람들에게 이 연못의 의미는 사뭇 달라 보인다. 연못을 둘러싸고 남쪽으로 약간, 동쪽으로 쭉 길게 뻗은 녹지가 조성되어 있는데, 주민들에게 이 공간은 그야말로 공원이다. 뉴욕의 센트럴 파크나 런던의 하이드 파크 같은 공원. 장난감 총을 든 아이들이 연못의 이쪽과 저쪽에서 전쟁놀이를 하며, 어른들은 삼삼오오 모여 빈둥거리거나 벤치에 가로누워 낮잠을 잔다. 그러다 마을 곳곳에 설치된 스피커에서 방송이 나오면 그 모두가 공원 동쪽 끝의 사원으로 향한다. 기도를 드리기 위해서다. 생활이나 공간의 어디까지가 일상이고 어디까지가 신성인지 구분 짓기가 힘들다.

사원 앞뜰이 끝나는 곳에 이르면 바로 재래시장 입구가 등장한다. 샨르우르파는 계획 도시가 아니다. 낙후된 정도로 가늠해 보자면, 아마 연못이 먼저 있었고, 그 3킬로미터쯤 옆에 시장이 생겼으며, 그 사이로 공원과 사원을 조성했고, 먼 훗날 박물관을 지었고, 뭐 그랬을 것이다. 다만 이런 건 뒤늦게 논리적으로 이해할 때의 사정이고, 경험 당시에는 오직 기묘할 뿐이다. 작은 마을 하나에 이토록 복잡다단하게 나이테가 새겨져 있다니.

특히 시장은 정말 낡았다. 여러 건물을 뭉쳐 만든 어두운 아케이드 속에서 길은 개미굴처럼 팔방으로 뻗쳐 있고, 바닥도 평탄하지가 않다. 이상하리만치 향신료 가게가 많기 때문에 특유의 냄새도 감돈다. 그리고 어느 캄캄한 골목에

43

서 작고 뚱뚱한 브라운관 TV라도 마주칠 때면, 당신은 말 그대로 시간감각을 잃어버린다.

시장은 그 모양새와 달리 호객 행위랄 게 전혀 없다. 사원 바로 옆이라 그런 걸까. 몇몇 상인이 여행객을 불러 세우는 경우가 있긴 한데, 대개 당신의 카메라를 발견하고 부른 것이다. 자기를 촬영해 달라고 말이다. 그들 대다수는 촬영 결과물을 받을 메일 주소도 갖고 있지 않지만, 카메라 후면 액정에 나온 스스로를 보는 것만으로도 흡족해한다.

시장의 정중앙이라 할 만한 위치에 카페가 있다. 여기가 맞나, 의심스러운 좁은 통로를 헤치고 헤치다 보면 등장하는, 공중이 탁 트인 노천카페다. 이곳에 다다르는 과정도 재미있다. 개미굴을 한참 헤매다 그 복잡한 어둠의 탁 트인 '중심'으로 '나오게' 된다. 카페는 마을 사람들과 상인들, 관광객 모두를 위한 것이지만 테이블에 무엇이 놓여 있는지에 따라 손님은 확연히 두 부류로 구분된다. 피스타치오 커피가 놓여 있다면 분명 외지인이다. 피스타치오 커피가 샨르우르파의 명물이기는 하나, 이곳 사람들은 오직 차이를 마신다. 커피는 텁텁하고 어차피 둘 다 1, 2리라 수준이니 함께 시켜서 번갈아 마시는 것도 썩 괜찮은 생각이다.

사면이 담벽인 카페는 해 질 녘이 되기도 전에 어둑해

진다. 커피도 다 마셨고 이제 슬슬 돌아갈까, 하는 생각이 들 때, 효율적으로 움직이는 습관이 밴 사람에게 담배는 게으를 수 있는 좋은 핑계가 된다. 그래, 한 대만 더 피우고. 그렇게 담배 한 개비를 빼내 끝을 손등 위에 툭툭 튕기는 동안에 그전에는 미처 들리지 않던 소리들이 들린다. 이 너머 남쪽으로는 또 무엇이 펼쳐져 있을까? 휴식 시간이 좀 남았다면 아래로 아래로 더 깊이 내려가 봐도 좋을 것이다.

그렇다면 여행은 언제 끝이 나는가. 그 역시 일반화할 수가 없는 명제다. 이를테면 나의 샨르우르파 출장은 그로부터 이틀이나 더 이어졌으나, 만약 누군가에게 샨르우르파의 아름다움에 대해 이야기를 해야 한다면 나는 이 정도에서 이야기를 끝맺고 싶다. 오래된 시장 중앙에 위치한 노천카페의 기억에서. "휴식 시간이 좀 남았다면 시장 아래쪽으로 내려가 볼 수도 있었을 텐데" 혼잣말처럼 말을 맺고는, 이야기를 이어받듯 담배 한 개비를 꺼내 손등에 튕기며 여운을 즐기고 싶다. 하지만 애석하게도 그럴 수가 없다. 내 샨르우르파 여행이 그랬다고 말하는 것, 그건 일종의 기만이기 때문이다.

　　물론 여기에 쓴 것들은 모두 사실이다. 다만 그곳을 이

46

렇듯 찬란히 기억하는 건 어떤 사실들을 간과해야만 가능하다. 이를테면 샨르우르파 바로 아래 튀르키예 국경 너머에 시리아가 위치해 있다는 것, 튀르키예가 시리아 IS와 오래도록 싸운 후 이제는 우군이었던 시리아 쿠르드족과 싸움을 벌이고 있다는 것, 샨르우르파 주민들이 저 너머 시리아 쿠르드족이 공격당하는 것을 지켜보거나 그들로부터 포격을 받기도 한다는 것, 그리고 샨르우르파 주민들 역시 대부분 쿠르드족이라는 것까지. 우습게도 나는 출장에서 돌아오고 한참 후에야 그런 사실들을 알게 되었다. 그래서 샨르우르파를 한 바퀴 돌며 이토록 아름답고 평화로운 곳이 있다니, 충격에 가까운 감동을 받고도 이제 그곳이 그저 아름답고 평화로운 곳이었다고 말할 수가 없다. 그건 너무 무책임한 말이거나 어쩌면 거짓말이라서.

장작과 불길이 물고기와 호수로 변해 버렸다는 전설을 품은 도시가 있다. 당신이 어떤 사람이든, 무엇 때문에 그곳에 당도했든, 몇 걸음 걷기 시작하면 곧장 여행이 시작될 것이다. 나는 그저, 간신히 그렇게 말할 수 있을 따름이다.

그 후

"그래. 그런 행복도 있겠지. 자다 깬 애매한 새벽에 파스타를 삶는 거야. 영국 백화점의 홈페이지에서 직구로 산 로브를 걸치고, 냉장고에 남은 식재료가 곧 레시피를 결정짓는 국적 불명의 파스타를 만드는 거지. 좋은 음악도 틀어 놓고, 쟁여 둔 와인도 한 병 따서 홀짝이면 더할 나위 없을 거야. 올리브오일에 마늘 익는 냄새는 그것만으로도 이미 훌륭한 안주니까. 지난 시대 현자들이 만들어 놓은 별처럼 아름답고 무수한 영화들, 안드레이 타르콥스키나 아바스 키아로스타미의 걸작도 천 원 돈이면 앉은 자리에서 감상할 수 있어. 놀라운 일이지 않아? 그렇게나 큰 영감을 그리 손쉽게 얻을 수 있다는 게? 너무 좋은 영화를 보고 나면 때로 화

48

면이 꺼진 뒤에도 움직이질 못하지. 아무것도 보지 않고, 생각도 하지 않고, 잠을 자지도 않는 채로 말이야. 벽에 머리를 기댄 채로 따라 놓은 지 오래된 와인잔만 계속 스월링하는 거야. 물론 모를 리야 있나. 그렇게 어두운 방에 기대어 있는 동안 사람들이 하나둘 결혼을 하고, 아이도 낳고, 집도 산다는 걸. 그런데 그 사실이 그냥 너무나 아무렇지가 않은 거야. 아무래야 하는 일이라는 건 귀에 딱지가 앉도록 들었는데, 글쎄. 한 번도 스스로와 사람들을 동일선에 놓고 생각해 본 적이 없는 사람이기 때문에 그런 걸까. 그렇다고 딱히 저항감 같은 것도 없고, 그냥 오빠는 멀리서 그 사람들을 구경해. 그들이 좋은 사람을 만나 결혼하고, 둘 사이에 태어난 생명에 감격하며, 부단한 노력으로 가족의 보금자리를 마련하는 과정을. 마치 신처럼 말야. 나는 있잖아, 그런 건 대단한 능력이기도 하다고 생각해. 진심으로. 아무것도 안 하는 것, 따로 떼어서 생각하는 것. 그런 건 노력으로 얻을 수 있는 능력은 아니거든. 하지만 정말로는 걱정이 되기도 해. 결국 우리는 신이 아니니까. 음악 하나를, 영화 한 편을 가슴 절절히 아름다워할 수 있을 때까지만 신인 거야. 무슨 말인지 알겠지. 더 이상 춤을 근사하게 추지 못하면 그 사람이 어떻게 신일 수가 있겠어."

50

여행지에서는 평생 해 본 적 없는 소리를 하게 되기도 한다는 것. 술김에 하게 되는 종류의 이야기가 있는 것처럼. 국제공항이 있는 도시를 벗어나 더 후미진 마을을 여행할 때 그곳에서만 할 수 있는 이야기가 있고, 여행의 마지막 밤이 되어서야 할 수 있는 이야기도 있다는 것. 그러나 오랜 친구가 홋카이도 아사히카와의 작은 와인바에서 무언가 말하려 "오빠는 행복해?" 운을 떼었을 때 나는 그렇다고 답했고, 그녀는 결국 아무 말도 잇지 않았다. 놀란 듯 한 번, "행복하다고?" 되물었을 뿐. 그리고 그녀가 그때 하지 못한 이야기, 나는 여태 그것을 그녀의 이야기 중 가장 선명히 기억한다.

Guam_USA

43일

해가 저물고 있었다. 괌 서쪽 해안을 낀 테라스 레스토랑은 테이블로 가득 채워져 있었고, 또 모든 테이블이 손님으로 가득 차 있었다. 어느 누구도 더 이상 식사를 하고 있지 않았다. 일찍 도착해 이미 배불리 먹었거나 진작 질려 버린 것이다. 이곳저곳의 양식을 두루 흉내 낸 듯 기시감이 드는 휴양지풍 뷔페 음식에.

대화를 나누기도 지쳤는지 대부분의 사람들이 일몰 풍경만 바라보았다. 그 앞에 펼쳐진 무대에서 쇼가 시작되기를 기다리는 것이기도 했다. 곧 원주민 복장의 남자들이 불붙인 봉을 돌리고, 풀로 엮은 치마를 입은 여자들이 괌과는 다소 무관한 이국적인 춤을 출 것이었다. 하와이안 셔츠에

버뮤다 팬츠 차림의 퉁퉁한 백인 남자 하나도 무대로 불려 올라가 적당히 짓궂은 조롱을 당하고 내려오겠지.

우리는 꽤 뒤편의 테이블을 차지하고 앉아 있었고, 기다림이 지겨워진 나는 뜬금없는 주제로 말문을 열었다. "제가 한번은 바다 위에서 43일을 보내고 나온 적이 있어요. 하와이에서 서핑하러 들어갔다가." 시선은 계속 바다에 둔 채 조용히 말한 터라 뱉고 보니 혼잣말 같기도 했다. 옆에 앉은 사람 역시 대꾸하지 않았다. 듣는 건지 마는 건지. 나는 부연을 시작했다. "나오기가 싫더라고요. 뭐 서핑이 그렇게나 재미있었던 건 아니고, 그냥 보드 위에 엎드려서 제가 속했던 세상을 바라보는 게 좋았던 거죠. 바다 위는 감각의 세계니까. 감각 하나하나에 집중해 몇 시간을 보내고 나면 저뿐만 아니라 누구나 그런 실존의 실감 없이는 더 이상 살 수 없겠다는 생각에 사로잡히게 될걸요."

정말 그럴 것이었다. 출발점은 등이다. 따가운 햇살이 내가 보지 못하는 몸의 절반 모든 곳에 골고루 도달한다. 코가 아닌 피부로 느끼는 살 익는 냄새. 반면 가슴에는 보드와의 틈새로 차가운 물이 쉼 없이 찰박인다. 양손은 바닷속 기분 좋은 무거움과 느림의 세계에 속한다. 그리고 모든 것이 일렁인다. 눈에 보이는 것들, 심지어 스스로의 존재까지도.

바다 위에서 태어나 살아가는 사람에게는 세상이란 원래 그렇게 일렁이는 형식일 테다. 몸에 부딪히는 작은 파도와 자신의 숨소리가 간혹 일종의 음악 같은 걸 만들고, 그러면 잠이 든다. 깨면 저 너머의 문명 세계와 인간들을 구경하고. 그렇게 문명과 인간을 제외한 나머지 부분의 삶을 온전히 즐기는 것이다.

옆 사람은 내가 이야기를 마치고도 한참이나 지나서야 대꾸를 내놓았다. "43일을…… 바다가 아니라 차라리 무인도에서 살았다고 하는 게 어때요? 무인도에서 살았다고 하면 그래도 어떤 사람들은 믿지 않겠어요?"

그의 생각에 동의한다. 그러나 나는 아직 무인도에서 살아 본 적은 없다.

2차와 3차 사이에
이라와디 강변에 다녀올 수 있다면

잡지 인터뷰 도중에 샛길로 빠져 한참 여행 이야기를 한 적이 있다. 대체 어쩌다 이야기가 그리 흘렀는지 기억나지는 않지만. 인터뷰이였던 재즈 뮤지션은 스스로를 "어디를 여행하든 늘 우연히 재미있는 것을 마주치는 사람"이라 설명하며 비대한 자아를 드러냈고, 나는 "와 저도 그래요" 하며 주책을 떨었다. 그녀는 말했다.

"호기심에 제대로 에너지를 쏟는 사람이라서 그런 거예요. 이쪽으로 가야 하는데 저쪽에서 뭔가 재미있는 게 도사리고 있는 것 같아, 그러면 저쪽으로 가 보는 거죠. 사실 명확히 알 수는 없어도 저쪽으로 가고 싶어졌던 데에는 이유가 숨어 있을 거거든요. 그 미약한 단서를 미리 검토한 계

Nyaungshwe&Bagan_Myanmar

획과 맞바꾸는 건 무모한 일이지만, 한편으로는 여행에서 굉장히 중요한 자세기도 하다고 생각해요."

그녀는 '이쪽'과 '저쪽'이라고 말할 때 강조 차원의 독특한 억양을 썼고, 마치 그 말들이 그녀의 노래 어딘가에서 나올 법한 코러스처럼 들리기도 했다. 그리고 그걸 듣는 내 머릿속에는 풍경 하나가 떠올랐다. 지금 여기가 아닌 언젠가 어딘가의 풍경. 맹그로브 나무가 우거진 수풀 한구석. 미얀마 바간이었다.

이 이야기를 정확히 하기 위해서는 바간에 당도하기 며칠 전 들른 냥셰 이야기부터 해야 한다. 미얀마 중앙에서 남동쪽으로 약간 치우친 곳에 자리한, 거대 호수 인레Inlay호를 끼고 발달한 마을. 그곳에서 친구와 내가 가장 먼저 한 일은 하이킹이었다. 숙소에 짐을 풀고 마을이나 한 바퀴 돌자고 선선히 나섰다가 신이 난 내가 마을 외곽 산 위에 자리한 레드마운틴 와이너리Red Mountain Vineyards&Winery까지 걸어서 가 보자고 친구를 종용했던 것이다. 그 변덕에는 (당시에는 몰랐던) 몇 가지 문제가 있었다. 언뜻 가까워 보였던 길은 5킬로미터가 넘는 산길이었다는 것. 지름길이라 생각했던 경로는 사람이 다니지 않는 (대신 필시 뱀이 살고 있을) 습지 대였다는 것. 10월 말이면 냥셰의 우기가 끝났을 시기지만 그날 오후에는 기이하게도 폭우가 쏟아지다 그치다를 반복할 예정이었다는 것. 그 속에서 아무것도 먹지도 마시지도 못하고 세 시간을 내리 걷기만 한 친구가 말도 웃음도 잃으리라는 것.

그러나 우비를 뒤집어쓴 채 양조장에 도착했을 무렵 갑자기 하늘은 새로 열린 듯 맑아졌고, 나는 철없게도 우리가 운이 좋다고 생각했던 것 같다. 양조장에서 내려다본 경치가 그만큼 빼어났다. 음식도 맛있었고 무엇보다 와인, 큰 기대를 하지 않았던 와인이 놀랍도록 맛있었다. 테이스팅 코스로 나온 5종 하나하나에 감탄이 나올 정도로. 단맛이 도드라지는 와인을 싫어하는 나는 평소라면 모스카토 품종이나 레이트 하비스트 와인(일부러 늦게 수확해 당도를 높인 와인)은 눈길도 주지 않았을 텐데, 심지어 모스카토 레이트 하비스트 와인도 썩 훌륭했다.

우리는 시간을 들여 천천히 와인을 마신 뒤 해 질 무렵 트럭처럼 생긴 택시를 타고 산을 내려왔다. 마을에서는 축구 경기가 벌어지고 있었다. 노곤하고 배부르고 취기에 몽롱했던 우리는 꽤 오래 그 경기를 관전했더랬다. 편이 어떻게 갈렸는지, 어느 쪽을 응원하면 좋을지, 심지어 경기장의 경계가 어떻게 생겨 먹은지도 알 수 없었지만 말이다.

그 사이의 또 다른 무수한 고난과 행복을 뛰어넘어, 냥셰 여행 첫째 날에 대한 이런 식의 정리는 바간 여행의 마지막 날 아침에 잘 붙는다. 샤워를 마치고 나오자 친구가 둘둘 말린 종이봉투를 들이민, 그 순간에. 그 안에 든 건 레드마운틴 와이너리에서 구매한 2015년 모스카토 다스티 레이트 하비스트였다. 기분 좋은 어느 밤에 따자면서 한 병 구매했던 것이다. 비록 한국행 비행기 짐을 정리할 때까지 그 존재가 완벽히 잊히고 말았지만.

"이거 어떡하지?" 친구는 물었다. 그냥 한국으로 가져갈 수도 있었을 것이다. 하지만 우리에게는 마침 어제 저녁으로 먹다 포장한 참치 피자가 남아 있었다. 도우 위에 토마토 소스, 참치 살과 케이퍼를 깔고 계란으로 그 위를 덮어 마무리한 이 독특한 피자는 바간의 어느 화덕 피자집의 시그니처 메뉴인데, 예상 외로 꽤 맛있었다. 그리고 필시 당도와 산미가 잘 어우러진 화이트 와인과 찰떡궁합일 것이었다. 그래서 우리는 오전 10시의 객실 테라스에서 모스카토 와인과 참치 피자를 먹기로 했다. 방 안은 거의 이사 집처럼 어지른 채 내팽개쳐 두고서, 물기도 채 덜 마른 머리로. 그게 얼마나 좋은 생각인지는 우리 둘 다 몰랐다. 실제로 해 보기 전까지는.

바간 역시 큰 물줄기, 이라와디강을 끼고 발달한 마을
이다. 비록 다녀온 사람도 대부분 강에 대해서는 잘 기억하
지 못하지만. 외지인은 으레 고대로부터의 유산에 온 신경
을 빼앗기게 마련이다. 넉넉하고도 온순한 물줄기가 둥글게
둘러싼 비옥한 땅이라 이 지역에는 고대부터 왕국이 번성했
고, 무려 1만 개가 넘는 파고다(불교 사원 혹은 불탑)가 세
워졌으며, 그중 2천여 개가 여전히 남아 있다. 불탑이 전봇
대처럼 널린 동네인 셈이다. 우리가 사흘 동안 바간에서 한
것도 파고다 탐방이 전부였다. 전기 스쿠터를 타고 시골길
을 돌아다니다가 마음에 드는 파고다를 발견하면 맨발로 기
어오르거나 내부를 기웃거렸다. 그때는 그게 파고다를 즐기
는 통상적 방식이라 생각했다. 실상은 경건함보다는 약탈
내지는 점령에 더 가까운 감흥을 품은 행위였을 테지만 말
이다.

마지막 날 호텔 체크아웃을 하면서 우리는 로비에 짐
을 맡기고 전기 스쿠터 사용은 연장했는데, 그때도 딱히 계
획은 없었다. 그저 내달리다가 간간이 멈춰서 담배를 피우
고 크고 아름다운 파고다를 만나면 기어올라 볼 요량이었
다. 다만 여느 날과 달랐던 점이 하나 있었으니, 바로 우리
가 주체 못 할 만큼 신이 나 있었다는 것이다. 오전의 달콤한

와인 반 병은 사람을 헤실헤실하게 만들기에 충분했으니까. 온순한 성격의 친구가 달리는 스쿠터 위에서 소리를 내지를 만큼. 서부영화에나 나올 법한 환호였다. 그의 뒤에 매달려 있던 나도 똑같은 소리로 화답했는데, 그게 친구의 한쪽 귀를 먹먹하게 하는 바람에 한동안 갓길에 오토바이를 세우고 친구의 달팽이관이 기능을 되찾기를 기다려야 하기도 했다.

그렇게 도로 한쪽에서 미친 사람들처럼 웃다가 담배에 불을 붙일 때, 영감은 그때 찾아왔다. 내가 늘 주장하는 것 중에 하나가 여름 햇볕 속에 감도는 샴페인이나 화이트 와인의 취기에는 영적인 구석이 있다는 것인데, 별안간 떠오른 생각을 친구에게 털어놓은 것도 그런 믿음 때문이었을 것이다. 나는 말했다. 마을과 호텔 사이에 맹그로브숲이 있지 않냐고. 거기가 자꾸 신경 쓰인다고. 정확히는 우거졌다고 할 만한 모양새였으나 어딘지 성긴 느낌이 드는 한구석이 그랬다. 지금 돌아보자면 그쪽으로만 사람들이 헤집고 드나드느라 만들어진 흔적이었을 것이다.

"성윤이 가고 싶은 곳 내 어디든 가지."

친구는 고개를 들고 헬멧 턱끈을 채우며 농담인지 뭔지 모를 소리를 했다.

구멍으로 들어가는 것. 그것은 일련의 감각으로 이해

Bagan_Myanmar

해야 한다. 내가 알던 세계가 있고, 그 세계가 좁아지다가, 나를 비집어 넣으면 그 균열의 막다른 끝에서 새로운 세계가 열린다. 눈을 감았다 뜨니 다른 세계였다는, 그런 마법적인 경험과 비슷한 구석이 있다. 바간 북쪽 끝의 구멍에서 우리가 마주한 것은 무인도의 광경이었다. 맹그로브 나무 군락은 이라와디강과 거리를 벌렸다 좁혔다 하며 간간이 여백을 만들었고, 그 어느 지점에서는 자연발생적 프라이빗 비치를 만들기도 했던 것이다.

구멍으로 들어온 우리는 그 광경 앞에 가만히 서 있었다. 처음에는 그저 넋을 잃은 것이었으나, 시간이 흐르면서 놀라움은 자연스레 기다림으로 이어졌다. 강 가까이에 뜬금없이 솟은 거대한 고목 한 그루가 있었고, 그 나무 그늘에 베드체어 두 개가 놓여 있었다. 마치 누군가 우리를 위해 마련해 놓기라도 한 듯이. 우리는 결국 거기에 잠깐 누워 보기로 했다. 아무리 기다려도 의자 주인은 나타나지 않았고, 그가 뒤늦게 와서 우리를 발견한다 해도 상냥하고 불심이 깊은 미얀마인이 딱히 화를 내지도 않을 것 같았다.

몸을 뉘기 전에 미처 몰랐던 것은 내가 남의 의자에서 낮잠까지 자게 되리라는 사실이었다. 기분 좋은 바람이 불어서 슬쩍 눈을 감아 보았는데 그러자 나뭇가지 그림자가 흔들리며 눈꺼풀 안에서 빨강과 검정이 교차했다. 코끝에는 아직 와인의 싱그러운 단내가 감돌았다. 귓가에 들리는 건 도시 사람들이 숙면을 취하고자 틀어 놓곤 하는 자연의 소리, 딱 그런 소리였다.

사실 '무인도의 광경'이라고 거창하게 말하기에는 거기 우리 외에 사람이 몇 있었다. 저쪽 나무 아래에는 벽안의 남자 서너 명이 술을 마시고 있었고, 눈앞에는 어느 현지인 남자가 론지(치마 형태의 전통 의상)만 두른 채 정박된 배를 청소하고 있었다. 그는 선체 바깥부터 선상까지 아주 꼼꼼히 솔질을 했고, 자신의 몸에도 비누칠을 한 후 강에 뛰어들었다. 평화롭기는 했으나 그리 정적인 풍경은 아니었다는 뜻이다. 하지만 나무 아래에서 꾼 짧은 꿈속에서, 여전히 이라와디 강변이 배경이었던 꿈속에서 나는 온전히 혼자였다. 청소하는 남자도, 다른 관광객들도, 친구도 없이 혼자. 꿈속에서도 나는 숲의 울타리로 둘러싸인 강변의 거목 아래에 잠이 들어 있었고, 강물은 마치 바다라도 되는 양 아스라한 파도 소리를 냈다. 꿈은 어찌나 편리한 형식인지, 나는 나인 채 나의 관찰자일 수 있었다. 단잠에 빠진 사람인 채로 그런 나 자신을 아까의 그 구멍 근처에서 완벽한 구도로 바라볼 수 있었던 것이다.

서울의 밤거리에서 불현듯 그 무인도 풍경을 떠올린 적이 있다. 결혼식을 치른 친구가 한턱낸다기에 대학 동창 예닐곱 명이 모인 자리였고, 배추갈비탕 가게와 포장마차를 거쳐 3차로 이동하는 중이었다. 아이스크림을 사러 간 후배를 기다리며 잠깐 거리를 서성이던 때. 그러니까 바간이나 낮잠, 와인과는 아무 상관이 없는 상황이었는데, 뜬금없이 떠오른 무인도 광경은 이상하리만치 선명했다. 나는 혼자 조금 웃었다. 물론 그 웃음을 거기 있는 누구에게도 공유할 수는 없었다. 복잡한 감흥이 얽히고설킨 이야기였으니 말이다. 지구 반대편 맹그로브숲의 유독 성긴 한구석과, '이쪽'과 '저쪽'이라는 아주 짧은 노래들과, 습지대를 헤치는 발소리, 우비 때문에 더 잘 들리던 스스로의 숨소리, 이미 어둑해진 공터에서 조명도 없이 축구를 하던 남자들, 이국의 호텔 테라스에서 마신 낮술과, 왼쪽 귀가 안 들린다면서 웃던, 혹은 어디를 말하는 건지 제대로 듣지도 않고 "성윤이 가고 싶은 곳 내 어디든 가지" 결연한 투로 말하던 친구와, 지도상에 존재하지 않는 어느 완벽한 강변에서 태운 담배, 그리고 홀로 남은 무인도에서 즐긴 지극히 안온한 낮잠이.

그러나 일행들은 쉽게 포기하지 않았다. 무엇 때문에 웃느냐고 계속 채근을 해 댔다. 그래서 나는 결국 아무 이야기나 대충 둘러대야 했는데, 이런 식이었다. "이 친구가 결혼하더니 술자리에서 눈빛이 많이 달라졌네. 몸은 여기 있지만 마음은 이미 지금 여기에 없다는 걸 알겠어." 방금 지어낸 말이지만 사실이었다. 모두들 그의 눈빛을 돌아봤고, 정말이네, 하며 웃었다.

대추야자 숲의 눈

여행 기억은 온갖 것들의 퇴적층이다. 겪은 일들, 본 것들, 누군가에게 전해 들은 이야기들……. 개중 무엇이 광물이나 화석 연료가 되는가는 나중에야 알 일이다. 대체로 누군가가 들려준 이야기보다는 본 것들이 잘 기억나고 본 것보다 겪은 일들이 기억에 남지만, 모든 것이 반드시 그런 위계로 작동한다고 말할 수도 없다. 누군가의 이야기가 너무 강렬해서 내가 직접 겪은 일보다 오히려 선명하게 남기도 한다는 뜻이다. 내게는 오만 비르캇 알 무즈의 기억이 그렇다. 대추야자 숲이 끝도 없이 펼쳐진 이 경이로운 마을을 떠올릴 때면, 나는 내 여행 경험보다도 친구의 사연을 먼저 더듬는다.

친구는 그 마을에서 누군가의 집에 초대되었다고 했다. 그날 길에서 처음 만난 사람의 집이었다. 골목골목을 서성거리며 사진을 찍고 있으려니 어느 여인이 말을 걸어왔다는 것이다.

친구는 깜짝 놀랐다. 등 뒤에서 "헬로" 다정한 인사가 들릴 때서야 자신이 남의 집 앞마당의 타일과 바구니 들을 찍고 있다는 것을 자각했으므로. 친구는 둘러대듯 그 여인에게 카메라에 찍힌 마당 사진을 보여 주었는데, 인사를 건넨 여인은 사진을 들여다보며 엉뚱한 질문을 하기 시작했다. 어디에서 왔느냐고. 한국, 그러면 한국의 사진도 있느냐고. 사진을 보여 준 행동을 그저 친교의 제스처로 받아들인 것이다. 그리고 이어지는 질문에는 이런 것도 있었다고 했다. "한국에는 눈이 내려요?"

친구는 얼른 답하지 못했다. 질문을 하는 여인의 표정에 경이로움이 가득해서, 당연한 명제도 새삼 깐깐히 따져 봐야 했던 탓이다. 한국에 눈이 내리던가? 내린다. 아마 지금도 눈이 내리고 있거나, 적어도 떠나올 때 내렸던 눈이 골목 여기저기에 쌓여 있을 것이다. 친구는 그렇다고, 눈이 내린다고, 가까스로 답해 주었다고 했다.

사실 친구가 그 마을에 당도한 것은 나와 함께였다. 그러나 도착하자마자 나는 내 카메라에 문제가 생겼음을 알아챘고, 친구에게 곧 뒤따를 테니 먼저 마을을 둘러보라고 했다. 합류는 예상보다 훨씬 늦어졌다. 우리는 두 시간 뒤에야 만났고, 함께 마을이 한눈에 내려다보인다는 송전탑 언덕을 올랐다. 행로에 그런 일이 있었노라고 친구가 알려 준 것은 그때였다. 나는 숨을 고르며 되물었다. "그래서 눈에 대해서 얘기를 한 거예요?" 친구 역시 한 템포 쉬고 답을 이었다. "네. 잠깐 시간 되면 자기 집에 들어와서 차 한잔 마시면서 얘기하자고 하더라고요." 나는 그 이야기가 굉장히 흥미로웠다. 오만을 여행하는 동안 우리가 누군가의 집에 초대된 적도 없었거니와, 그간 무수한 사람들을 마주치면서도 한 번도 여성과 대화해 보지는 못했기 때문이다. 심지어 성별이 여성인 친구조차 그랬다.

송전탑 언덕 오르기는 거의 등반에 가까워지고 있었다. 나는 이후로도 질문이 십수 개는 떠올랐는데, 결국 그냥 침과 함께 삼켜 버렸다. 지금 여기서 이어 가면 대충 줄거리만 전해 듣게 될 이야기라는 것을 직감한 것이다. 나중에, 다른 곳에서, 더 걸맞은 템포로 들어야 할 이야기라는 것을.

문제는, 생성되었으나 미처 태어나지 못한 질문들이 속에서 일으키는 작용이었다. 땅만 바라보며 기어오르다시

피 발걸음을 옮기는 동안 질문들이 속에서 맴돌며 커져만 갔다. 대체 차 한잔 마실 동안 할 수 있을 만큼의 눈 얘기가 무엇이 있었을까? 나도 살면서 몇 번 본 적이 없는 굵은 함박눈이 펑펑 내리는 풍경에 대해 묘사했을까? 아니면 밤새 쌓인 눈을 밟으며 집 밖으로 나서는 감흥에 대해서? 눈이 다 녹은 후에도 누군가의 걸음이 옮긴 눈은 그 발자국 모양으로 더 오래 남는다는 사실에 대해서? 눈 내리는 나라에 사는 사람들은 첫눈이 내릴 때 떠오르는 사람을 꼭 하나쯤 갖게 된다는 서정성에 대해서? 어떤 얘기였든 여인은 먼 이국의 신화라도 듣는 양 모든 것을 경이로워했을 것이었다.

송전탑 언덕에서 바라보는 마을의 경치는 과연 장관이었다. 대추야자 숲이 끝도 없이 펼쳐져 있었고, 그 사이로 산등성이들이 녹아내리기 시작한 아포가토 색깔로 불쑥불쑥 솟아 있었다. 그리고 산기슭에는 흙집들이 솜씨 좋게 빚어낸 모래성 모양으로 늘어서 있었다. 오래전에는 그곳이 마을이었으나 시간이 흐르며 주민들이 산 아래의 신식 건물로 이사한 것일 테다. 아무 역할도 맡지 못한 흙집들은 이제 천천히 풍화하고 있을 뿐. 그런데 마침 내 눈에는 그 풍경 위에 한 꺼풀의 미감이 덧씌워져 있었다. 눈이었다. 탁 트인 절벽 끝에 섰을 때 무심결에 그 위에 소복이 눈이 내리는 풍경을 상상했던 것이다. 눈으로 천천히 하얗게 지워지고 있는 마을을. 그 눈은 환상 속의 눈일 뿐이기 때문에 마을의 대추야자 농사에도 별 해를 끼치지 않을 것이었고, 아니, 어쩌면 이곳 사람들의 성정만큼이나 따뜻하고 부드러운 눈일지도 몰랐다.

Seoul_South Korea

Birkat al Mouz_Oman

눈

먼 곳에서

중학생 때는 종종 친구들과 여행을 떠났다. 어른들 말마따나 좀 별난 구석이 있던 우리는 매번 똑같은 곳, 보성의 어느 시골 마을에 가서 사나흘 묵고 돌아왔다. 거기까지 가서는 차밭 한번 돌아볼 생각도 하지 않았다. 그저 밥을 지어 먹고, 시골길 이곳저곳을 걷고, 방에 틀어박혀 카드놀이를 했다. 그렇게만 해도 재미있었다. 우리는 TV에서 던져 주는 아무 주제로나 몇 시간씩 이야기를 나눌 수 있었고, 길을 걷다가 누가 "어디서 소 (울음)소리 난다"고 중얼거린 것만으로 '소소리나'라는 이상한 억양의 유행어를 만들어 3박 4일 웃고 떠들 수 있었다. 친구의 외삼촌이 빌려준 시골집은 정말 말 그대로 시골집이라 밤이 되면 어둠은 창호문 바로 앞까지 바짝 다가왔다. 그러면 우리는 우리끼리 몰래 세상에서 사라져 버린 듯 즐거웠다. 시골 깊은 곳, 좁은 방 안에서.

그 방에서 눈을 뜬 어느 아침에는, 바깥 세상이 완전히 달라져 있었다. 밤새 소리 없는 함박눈이 펑펑 내렸던 것이다. 새하얀 눈밭을 남기고 하늘은 깨끗이 갠 채였고, 우리는 어린 개들처럼 마당에서 뛰놀았다.

그날의 보성 풍경은 비단 외지인에게만 놀라운 게 아닌 듯했다. 마침 집으로 돌아가야 하는 날이었기에 터미널까지 가는 콜택시를 불렀는데, 택시기사도 끊임없이 감탄을 했다. 이 지역의 겨울을 한두 해 본 사람이 아닐 텐데도. "정말 눈이 많이 왔네요." "그쵸, 보성에서는 흔치 않은 일인데." 기사와 승객의 빤한 대화가 끝난 후로도 그는 스치는 풍경에 연신 탄식을 뱉었고, 어느 순간에는 대뜸 어딘가로 전화를 걸었다. 상대가 누구인지는 알 수 없었지만 아무튼 대화는 이런 식이었다. "잘 지내는가. 거기도 눈이 오는가. 여기는 눈이 정말 많이 내렸다. 봤다면 너도 깜짝 놀랐을 텐데. 언제 한번 안 내려오는가. 일이 바쁜가. 나야 운전하는 게 일인데 바쁠 게 뭐가 있겠는가……." 뭐 그런 이야기. 그리고 뒷좌석에 앉아 있던 나는, 혼자 감동에 휩싸여 있었다. 감동의 정체가 뭔지는 알지 못했다. 그저 내가 살면서 그 순간을 계속계속 기억하리라는 사실을 알았다. "거기는 눈이 오냐. 여기는 눈이 정말 많이 내렸다" 하는 말을. 아름다운 것을 마주하며 먼 곳의 누군가를 떠올리는 마음을.

어른이 되고 나는 좀 더 멀리멀리 여행하는 사람이 되었다. 똑같은 곳을 매해 다녀오는 묘미를 아는 사람, 한곳에 오래도록 머무를 줄 아는 사람이 되지는 못했다. 그리고 대체로 혼자 여행하는 사람이 되었다. 그런 사람이 되었다고 해야 할지 알고 보니 천성이 그랬다고 해야 할지. 나는 하나하나 오롯이 내 취향에 맞춘 빡빡한 여행 계획을 좋아한다. 그리고 동시에, 여행길에 마주친 새로운 영감 때문에 그 계획에 취소선을 죽죽 그어 버리는 순간들을 좋아한다. 스스로와 대화하는 시간을 좋아하고, 완전한 익명의 존재가 되어 새로운 세상을 맞닥뜨리는 경험을 좋아한다. 물론 누군가와 함께 여행하는 즐거움도 모르는 바는 아니다. 내 편이 있으면 새로운 것에 도전할 용기가 생기고, 음식도 이것저것 다양하게 시켜 볼 수 있으며, 무엇보다 감동을 공유할 수 있다. 나도 혼자 여행하며 아름다운 것을 마주하는 순간에 으레 누군가를 떠올리곤 한다. '아무개가 이걸 봤으면 좋아했을 텐데' 하고. 다만 그렇다고 지금 혼자인 순간을 불완전하게 여

Madrid_Spain

Ronda_Spain

긴다거나 '다음번에는 누군가와 함께 여행을 하자'고 생각하는 식으로 자라지 않았을 뿐이다. 그 순간을 먼 곳에서 누군가를 절절히 생각하고 마음속에서 편지를 쓸 수 있었던 시간으로, 혼자임이 아쉬워서 더 완벽한 시간으로 여기는 사람이 되었지.

언젠가는 그 친구, 보성에 사는 외삼촌을 둔 부산 친구의 생각도 했다. 스페인 마드리드에서였다. 물론 여행하는 동안 다른 여러 사람도 떠올랐다. 새끼돼지 뒷다리 요리를 먹을 때는 그게 별미라고 알려 주었던 지인이 생각났고, '산테리아'를 테마로 한 희한한 콘셉트의 바에서는 딱 그런 걸 좋아할 만한 지인을 떠올렸다. 다만 부산 친구에게 생각이 가닿은 데는 도무지 아무런 개연성이 없었다. 마드리드를 떠나는 날 아침이었고, 길을 걷던 나는 오전 9시가 넘도록 새하얀 달이 떠 있는 그곳의 가을 하늘이 경이로웠다. 그래서 하늘 사진을 찍어 친구에게 보냈다. 친구는 생뚱맞은 연락에도 곧잘 맞장구를 쳐 주는 성격이라 몇 분 지나지 않아 이런 답이 돌아왔다. "오메, 어디 다른 세상 가 있구만."

과연 맞는 말이었다. 친구는 오후 5시의 동북아시아 해안 지방에 속해 있었고, 나는 오전 10시의 유럽 대륙 도시를 헤매고 있었다. 친구는 고향에서 자영업자가 되어 얼마

전에는 결혼을 했고, 나는 서울에서 독신의 직장인으로 살고 있다. 어려서부터 미용 일을 배웠던 친구는 너무 힘든 일이 있으면 내게 전화를 걸곤 했다. 그러나 이제 자랄 만큼 자란 우리에게 그런 경우는 사라졌고, 가끔씩 삶이 새삼스러워지는 때에나 연락을 하고 있다. 이제 또 언젠가의 아침에는 이런 내용의 전화가 걸려 올지도 모르지. "잘 지내는가. 아이가 생겼다. 언제 한번 안 내려오는가."

마드리드 아토차 기차역에서는 오래 앉아 기다려야 했다. 예상과 달리 세비야행 기차표를 현장 발권하기 힘들었기 때문이다. 그곳에서 나는 또 다른 누군가의 생각을 했다. 이제 영영 남처럼 살게 된 어떤 이의 생각을. 기차역이 너무 아름다웠기 때문에 그랬을까? 스페인의 기차역은 왜 하나같이 그리도 아름다울까? 누군가를 떠나보내는, 혹은 누군가와 재회하는 공간이 그렇게 아름다워야 한다고 처음 생각한 것은 누구였을까? 나는 그곳에 혼자 앉아서 마치 나쁜 시간이 존재하지 않았던 사이처럼 옛 친구의 생각을 했다. 자네 잘 지내는가, 하고. 그 친구와 내가 이렇게 저렇게 되었다고 나도 들었는데, 멀리에서 보기에는, 내 머릿속에서는, 모두들 예전 그대로였기 때문이다.

대합실

2019년 12월 4일

이따금 여우가 되는 상상을 한다. 대체 어떻게 몸을 숨기라고 저런 색을 입힌 걸까 싶은 고운 주황색 털에 네 발끝과 꼬리에 약간씩의 검정을 지닌 붉은여우. 그러나 나는 여우로서 빨리 달리는 상상은 잘 하지 못한다. 그것은 아마 영상보다는 주로 사진으로 여우를 접해 온 탓일 것이다. 나는 느린 여우고, 코를 킁킁거리며 혼자 새하얀 눈밭 위 앙상한 나무들 사이를 거닐다가 문득문득 멈춰 선다. 문득문득 순간과 영원을 생각한다.

때로 환영 속의 여우는 아늑한 목조주택 내부의 창가에서 설원을 내다본다. 느려서, 느린 여우기 때문에, 아마도 뭔가 곤란한 상황에 처했고 심성 고운 인간이 그를 구해 주었겠지. 인간은 여우가 창가를 지키는 이유에 대해 '저 녀석이 자유를 갈망하는구나' 안쓰러워하지만 그것은 사실이 아니다. 여우는 그저 그 자리에 앉으면 스위치라도 켠 듯 즉각적으로 찾아오는 기묘함을 좋아한다. 저기 하얗고도 어둡게 굳어 버린 세상 어딘가에 그 위를 걷는 자신이 있고, 눈 안으로 점프해 들어갈 때 온몸으로 파고드는 잔혹한 냉기가 있다. 그러나 그것은 기시감일 뿐 지금 여우는 깊은 안정의 세계에 속해 있다. 미처 세상에 존재하는지도 몰랐던 안전과 온기의 세계에.

두 세계 사이의 이상한 틈에서 여우는 사는 동안 몸으로 깨쳐 온 모든 체계를 잃어버린다. 처음으로 멍하니 보내는 시간을 배운다. 여우의 안에도 행복이란 감각이 있다면 그 어느 순간, 자기도 몰래 그것에 빠져 허우적거리고 있을지도 모르는 일이다. 곁불이 우리를 행복하게 하는 것처럼 말이다. 제아무리 드럼통 그득 채운 군불이라 해도 우리 발가락 하나하나까지 따뜻하게 해 주지는 못할 것이나, 그렇기에 그 옆에 설 때 우리는 때로 온전함과는 다른 무엇, 파편적인 무엇이 우리에게 필요할 수도 있다는 것을 몸으로 깨닫게 된다.

그러고 보면 내게는 유독 곁불과 관련된 추억이 많은

느낌이다. 막상 떠오르는 게 하나도 없는 것으로 보아 착각일지 모르겠지만. 아니면 몸의 기억만 남고 모두 잊혔거나, 혹은 감각 차원에서, 곁불과는 무관한 기억을 곁불의 기억이라 오해하고 있는 건 아닐까? 이를테면 나는 옛날부터 친구가 애인과 통화할 때 끼어들어 셋이 함께 이야기하는 것을 좋아했는데, 그러면 참 따뜻해서. 대학생 때 한번은 친구가 애인과 이별하며 돌려받은 것들을 몽땅 태웠다. 전화를 받고 어리둥절해하며 나간 내게 그 불도 그야말로 곁불이었던 것 같다. 편지가 많았기에 라이터 하나로도 불을 지필 수 있긴 했는데, 아니, 단과대학 경비 아저씨가 도와주지 않았다면 그것도 어려웠으려나? 그게 따뜻하긴 했던가? 그러기엔 너무 미약한 불이었던가? (후략)

— 경유지 헬싱키 공항에서 여행수첩에 남긴 기록 발췌

지난 공항 사진이 우리에게 묻는 것들

Q. 공항을 좋아하시나요?

좋아……한다기보다는 오히려 싫어한다고 할 수 있을 것 같은데요. 늘 멀리에 고집스레 앉아서 우리를 채근하는 존재잖아요. 늦으면 안 된다고, 아무것도 깜빡하면 안 된다고. 조금이라도 마음에 안 들면 너의 오랜 계획을 모두 망쳐 버릴 거라고. 정작 자기는 변덕쟁이인 주제에 말이죠.

Q. 공항을 싫어하시나요?

글쎄요. 그런 형태의 질문을 받으면 그렇다고 답할 수도 없어요. 우리는 최근에 공항이라는 경험을 아예 잃어 봤잖아요. 미워하기에는 상황에 따라 사무치게 그리울 수 있

는 존재라는 걸 깨달을 기회였죠.

Q. 공항을 그리워하시나요?

　네. 그리워할 때가 많아요. 어쩌면 제 인식체계가 공항과 여행을 좀 혼동하는 게 아닐까 싶기도 한데……. 공항은 여행의 앞과 뒤에 딱 붙어 있기 때문에 우리가 둘을 따로 분리해서 판단할 수 있을지 모르겠어요. 너무 까탈스럽고 지겹고 귀찮은 존재지만, 그래서 순간이동하듯이 여행지에 도착하는 게 더 나을 것이냐 하면 그것도 잘 모르겠거든요. 줄을 서고, 체크인을 하고, 짐을 맡기고, 주머니에 있는 것까지 탈탈 털어 내 검사를 받고, 끝도 없이 기다리고……. 그런데 그렇기 때문에 비행기의 내 자리에 무사히 앉았을 때 어떤 행복이 찾아오기도 하잖아요. 비행기가 슬금슬금 움직이고 안전벨트 사인이 들어올 때. 그 소리 알아요? 안전벨트 사인이 들어올 때의 '뚱' 하는 소리? 어떻게 그렇게 고음이면서도 둔중한 소리를 고안해 냈는지 모르겠는데, 아무튼 이따금 그 소리가 그리워요. 곧 제가 행복해질 거라는 신호 같아서요.

Q. 공항을 좋아하시나요?

　공항에서 정말 많은 시간을 보냈어요. 거기서 정말 다

양한 상상을 했고, 정말 많은 것들을 그리워하거나 아쉬워

했고, 품을 수 있는 모든 종류의 감정을 느꼈고요. 그렇게만

말할 수 있을 것 같아요.

Madrid_Spain

Bangkok_Thailand

Hong Kong_China

Delhi_India

Paris_France

105

마지막 로드트립

친구는 네이버 지식인에 이런 질문을 올렸다고 했다. "제1금 융권 대출이랑 신용카드로 돈을 끌어서 유럽 가서 펑펑 쓰다 가 자살하면 그 빚은 어떻게 되나요?" 그 말을 들은 나는 깔 깔거리며 웃었다. 깔깔 소리나게 웃겨서. 그래서 답은 뭐라 고 달렸냐고도 물었다. "가족이 마이너스 통장이나 카드 빚 의 존재를 몰랐고 사망자의 재산을 상속하지 않을 경우, 채 무는 소멸됩니다." 몇 개의 답이 달렸는데 대부분 그와 동일 한 내용이었고, 하나는 자기가 확인하기도 전에 신고 삭제 되어 있었다고 했다. 나는 "오호" 설익은 감탄만 내놓고 고 개를 끄덕였다. 친구는 내게 되물었다. 만약 그렇게 죽는다면 어디 가서 죽을 거냐고. "글쎄." 나는 한 번도 생각해 본 적이 없는 질문이라 잘 모르겠다고 했다. 하지만 친구는 아무 답이나 내놓으라고 다그쳤고, 결국 나는 이렇게 답했다. "오만이 어떨까 싶은데." 이유도 말해야 한다고 하기에 대략 이런 이야기를 늘어놓았다.

마지막 여행을 택할 수 있다면 나는 아마 호화로운 호텔 방에 머물기보다 로드트립을 벌일 것이다. 그리고 오만은 차 한 대 빌려 그럴싸한 로드트립을 벌이기에 좋은 나라다. 너른 대륙 곳곳으로 지은 지 얼마 안 된 깨끗한 직선 도로가 뻗어 있다. 그 곁으로 펼쳐진 풍경은 꽤나 이색적인 데다 변화무쌍해 지루할 틈도 없고, 초록이라기보다는 대체로 흙빛이지만 그렇다고 아름답지 않다 여기기는 힘들다. 이름난 지명마다 오일 머니로 구축한 아름다운 도시가 등장하고, 또 다른 곳으로 향하면 대체 어느 시대에 형성된 건지 가늠하기 힘든 고대 도시가 나온다. 내륙 중심에는 마치 거인들의 돌멩이 같은 게 척척 쌓인 듯 묘한 느낌의 암석 산악 지역이 버티고 있고, 북쪽 동쪽 남쪽 어디로 달리든 광활하게 펼쳐진 바다를 만날 수 있다. 사막도 있고, 야자나무 숲도 있고, 협곡 지대도 있다. 오만에 갔다면 그 모든 곳에서 하루씩 다 묵어 봐야 한다.

Nizwa_Oman

물론 그건 고생길이다. 마지막 여행까지 그렇게 고생을 해야 하느냐고 되물을 수도 있겠다. 사막의 베두인 양식 천막 숙소만 해도 샤워 문제가 있고 어쩌면 사막쥐가 짐을 모조리 헤집어 놓는 곤혹스러운 경험도 안길 것이다. 다만 나는 오만을 여행하는 다른 방법을 알지 못할 따름이다. 와디 샤브Wadi Shab 협곡 인근의 해변에 이르면 내가 또 기가 막히게 아름다운 숙소 하나를 안다. 거기서 자고, 아침에는 창밖에 펼쳐진 바다 일출을 보며 홍차 한잔 마신 후 모험가 복장으로 잘 차려입고 길을 나서면 된다. 가방에 사과 한 알, 초코바 한 개, 주스 하나 정도 넣어서. 참, 수영복도 꼭 챙겨야 한다. 와디 샤브 협곡은 어느 지점에 이르면 수영하지 않고는, 심지어 잠수해서 동굴 속 구멍을 통과하지 않고는 더 나아갈 수가 없다.

제벨 샴스Jabal Shams 같은 산맥에서는 텐트를 치고 야영해도 참 운치 있을 것이다. 텐트를 챙기는 김에 휴대용 그라인더와 드리퍼까지 가지고 가서 눈뜨자마자 커피 한잔 내려 마시면 좋을 텐데, 그렇게 준비물을 하나하나 붙여 나가다 보면 너무 거추장스러워질까? 사실 나는 오만의 산 위에서 자 본 적은 없다. 제벨 샴스에 다녀오고 난 어느 밤에 사막에서 함께 모닥불을 쬐었던 오만 사람이 알려 주었을 뿐

Muscat_Oman

이다. 거기에서 잤다면 더 좋았을 것이라고. 그래도 된다고. 캠핑장 같은 건 없지만 너는 오만 어디에서나 텐트를 치고 잘 권리가 있다고.

잘은 몰라도 확실히 치안 걱정은 할 필요가 없을 테다. 오만은 신실한 사람들이 사는 나라니까. 누구나 으레 당신을 호의와 호기심으로 대할 것이고, 그곳을 여행하는 동안 인간이 위협으로 느껴질 확률은 아주 낮을 것이다. 나는 니즈와에서 묵었던 에어비앤비 숙소에서 꼭 그런 인상을 받았다. 주인집에서 '좀 많이 만들었다'며 별채 구조의 객실로 예약 내용에 포함되어 있지 않은 아침 식사를 가져다 주었을 때. 그 두툼한 크레페 형식 요리와 초콜릿 우유가 '아, 이들에게는 내가 멀리에서 온 손님이구나' 직관적으로 알려 주었던 것이다.

오만은 음식도 썩 맛있는 곳이다. 담백하고 고소하고 신선한 것을 좋아하는 사람에게는 특히나. 과일과 견과류가 저렴하기 때문에 잔뜩 장을 봐서 차에 싣고 내키는 대로 떠돌기에도 좋다. 사실 이건 둘 이상이라야 느낄 수 있는 로드 트립의 재미이긴 한데, 상상해 보라, 운전자가 이렇게 말하는 장면을. 아무개야, 우리 초코바 하나씩 먹을까? 당신은 몸을 젖혀 뒷좌석의 마트 봉지들을 뒤지다가 바나나를 발견하고, 운전자에게 초코바 하나를 까서 준 다음에 바나나를 먹는다. 그러면 운전자는 아무개야, 나도 바나나 하나 먹을까, 할지도 모르지. 바나나는 그런 마력의 향을 가진 과일이니까. 그러다 그가 갑자기 차를 세우면 당신은 의아해할 것이다. 운전하면서 보니까 여기 예쁘다고, 잠깐 구경하다 가자고 세운 것이다.

누군가와 함께 여행하는 가장 큰 장점은 그렇게 서로 팔꿈치로 툭툭 쳐 줄 수 있다는 점이다. 그는 먹고 싶은지도 몰랐던 바나나를 먹어서 좋고 당신은 졸다가 아름다운 순간을 놓쳐 버리지 않아서 좋다. 그렇게 도로 옆에 아무렇게나 차 세우고 담배에 불 붙일 때, 영화처럼 트렁크에서 맥주도 하나 꺼내서 던져 주고 까 마시면 꿀맛일 텐데. 그러나 오만의 유일한 단점은 술을 구하기가 여간 어려운 게 아니라는 것이다. 그래서 당신은 여행 내내 깨어 있을 것이다. 물론 트렁크 가득 한국에서부터 챙겨 온 고도수 증류주를 모든 음료에 꼴꼴 따라 넣으며 헤실헤실 다닐 수도 있을 것이고. 동행인이 만약 나라면 나는 후자의 계획에 좀 더 무게를 실을 것이다.

내가 오만에 머무른 건 단 한 번, 고작 열흘쯤이다. 말인즉,

내가 아는 오만보다 내가 모르는 오만이 훨씬 클 것이라는 뜻이다. 이야기 끝에 그런 단서를 달자 친구는 "어 그래" 떨떠름하게 답했다. '이미 예상보다 훨씬 길게 말했는데' 하는 표정으로. 나는 우리가 그렇게 뭘 감추지 않는 사이라는 게 좋았다. 자신을 어떻게 볼지 일말의 걱정 없이 자살이라는 주제를 꺼내 놓을 수 있는 사이라서, 그런 주제 앞에서 잠깐의 망설임도 없이 낄낄거릴 수 있는 사이라서 좋았다. 우리는 서로를 훤히 잘 안다는 믿음이 있어서 그렇게 철없고 불경하게 굴 수 있었을 것이다.

그러나 내가 살면서 알게 된 사실 중에는 이런 것도 있다. 인간은 의외로 아주 쉽게 고장 난다는 것. 우리는 우리가 아는 누군가의 마음이 무너지지 않을까 늘 과할 정도로 걱정을 하면서 살 필요가 있다는 것. 만약 내가 그때 과신하고 웃느라 어떤 신호를 놓쳤고, 그래서 만에 하나, 어느 순간 그친구가 자신이 사라지면 빚은 어떻게 되는 건가 하는 문제 따위에도 더 이상 관심이 없어졌다는 것을 깨닫는다면, 나는 너무 슬플 것이다. 해야 했던 말을 해 주지 못한 것을 내내 후회할 것이다. 가능성은 늘 우리가 가늠하는 것보다 훨씬 무궁무진하게 펼쳐져 있는 것 같다고. 우리가 스스로를 판단하는 기준은 너그럽고 싶다고 해서 마냥 너그러워질 수 있는 건 아닐 것이나, 그러나 분명 지금 거기에 있는 당신만이 당신인 건 아닐 것이라고. 우리는 잠깐 길을 잘못 든 매혹적인 사람들이라 어쩌면 아주 손쉽게 매혹적인 삶으로 접어들 수 있을 것이라고. 내가 그날 오만에 대해 그리 구구절절 이야기를 이어 갔던 건 궁극적으로 그런 이유다. 혹시나 제대로 전해지지 않았을까 봐, 여기에 써 둔다.

Al Wasil_Oman

방랑

서유西遊

어떤 시절의 여행에서 당신은 끝없이 걷는 수밖에 없다. 도망치듯 타지로 떠나왔으나 근사하고 아름다운 여행 명소들에서 당신은 스스로가 투명인간이 된 듯 느낀다. 그렇다고 호텔방에 틀어박혀 있자면 당신은 견딜 수 없을 만큼 당신 자신이다. 앉지도 서지도 못하는 사람이 걷기 시작하는 것은 거의 자연적인 인과관계라, 대도시에는 언제나 곳곳의 골목을 기웃거리는 이방인들이 있게 마련이다. 나는 이따금 눈을 감고 그들의 잠행을 지도 위 빛나는 점들로 상상해 보곤 한다. 찾아 헤매듯 걷는 사람들. 떨치듯 걷는 사람들.

몇 박 며칠을 오직 걸으며 보내기에 도쿄만큼 좋은 도시는 없다. 도쿄는 영역동물들이 만든 도시니까. 그 무엇도 이방인을 성가시게 하지 않지만, 또 한편 모든 것이 묵묵히 친절하다. 구조와 크기도 적당하다. 중앙에서부터 걷기 시작하면 꼭 해가 저물 무렵 여전히 도쿄인지 도쿄를 벗어난 건지 확신할 수 없는 어딘가에 이를 수 있다. 말 그대로 중앙인 주오구中央区의 도쿄역 가까운 호텔을 나서면 서쪽으로 긴자, 도쿄 고쿄, 국회의사당, 오모테산도를 지나치고, 요요기 공원에 닿으면 공원과 메이지 신궁을 한 바퀴 돈다. 공원을 나서서 다시 걷기 시작하면 거기서부터는 완전히 낯선 이름의 베드타운들이다. 번화가에서 주택가로 향하면 바깥쪽으로 나아가면서도 더 깊숙이 들어간다는 느낌이 든다. 그런 감각이 어떤 부류의 방황에는 도움이 될 것이다.

쉴 새 없이 걸어도 미타카쯤 이르고 해가 뉘엿하면 이제 방향을 다시 고민해 봐야 하나 생각이 들 테다. 당신은 그제야 노가와野川 강변의 아무 공원에나 앉아서 전철 노선도 앱을 켜 본다. 그리고 도시 중심에 남겨 두고 온 도쿄를 생각한다. 몇 시가 되었건 번쩍이고 있을 신주쿠 산초메 거리, 하얀 턱시도를 차려입고 셰이커를 흔들고 있을 긴자 고급 바의 바텐더, 혹은 시부야 논베이 요코초의 허름한 주점에 빼곡이 들어찬, 옆 사람 어깨나 허벅지에 아무렇게나 손을 올리며 말을 거는 아무렇게나 취한 사람들.

그러나 확신은 언제나 쉽지 않다. 몸을 혹사시킨 대가로 모종의 슬픔이나 허무까지 지치게 만들긴 했으나, 지금 당신을 설득하는 것이 위안을 좇는 마음인지 스스로 비참해지고자 하는 자기 파괴적 욕망인지 얼른 알 수가 없다. 그곳들에서 당신은 즐거워질 것인가, 아니면 군중 속에서 고독해지는 바람에 종일 간신히 쌓아 올린 약간의 평정까지 잃을 것인가.

당신은 일단 일어나 다시 골목으로 향한다. 그리고 주택가에 뜬금없이 자리 잡은 작은 식당에 들어가 허기부터 채우기로 한다. 이럴 때는 역시 규동. 규동이 없다면 다른 어떤 덮밥이라도 좋을 것이다.

담배를 피울 수 있는가 물으면 그런 식당에서는 으레 재떨이를 가져다준다. 평일 늦은 시각의 주택가 식당에는 손님이 별로 없고, 당신은 자연스레 시선을 창 너머 바깥 세상으로 돌린다. 골목의 신경 쓰이는 어느 한구석에. 그리고 간간이 지나는 사람들의 손에 들린 것에. 그러나 그 풍경 위에 내려앉은 것은 여전히 가게 내부의 소리다. 주방의 프라이팬 덜그럭거리는 소리, 계산대의 마감 준비하는 소리, 뒤 테이블에서 느릿느릿 이어지는 말소리.

뒷자리 사람들은 당신이 들어설 때 이미 식사가 끝난

듯했으나 음식이 말라붙은 그릇들과 함께 여태 테이블에 남았다. 회사원 복장의 남자와 계속 "당신은……"이라고 운을 떼는 여자. 그들의 대화가 어떤 내용인지는 알 수 없다. 그래도 뉘앙스에서 여자가 남자의 안위를 걱정하고 있다는 것, 적어도 그것은 알 수 있다. 그리고 남자도 자신의 안위를 걱정한다. 연신 무거운 한숨을 쏟아 내지만 상대가 마음 써 주고 있다는 걸 알기 때문에 그에 맞추고자, 상냥하고자 애쓰는 말투다.

곧 내 규동이 나오지 않을까? 조금 망설이던 당신은 담배 하나를 더 빼어 물고 가방에서 수첩을 꺼낸다. 그리고 생각나는 대로 아무 말이나 끼적이기 시작한다. 십중팔구는 현명하고도 다정했던 어떤 이에 대한 글, 이젠 옛 사람이 된 바람에 당신 안에서 더 현명하고 다정해진 그 사람에 대한 글일 것인데, 괜히 감상적으로 이런 말 저런 말 늘어놓기보다는 하이쿠처럼 단정한 한 문장이면 좋을 것이다. 내 경우에는 문장의 형식도 갖추지 못한 몇 개의 단어, 딱 한 줄을 써 왔다.

내게. 우리가 함께. 평일 늦은 밤 따뜻한 것을 먹었다는 것은.

아니. 그건 하이쿠보다 어쩌면 편지 같은 것에 더 가까웠을
까. 부치지 않을 것임을 알면서도 그 따뜻한 눈빛을 떠올리
고 보면 문장 하나 끝까지 써 넣을 수가 없는, 편지.

달과 뉴욕 사이에서

난생처음 이성에게 꽃을 선물받았을 때, 나는 출국을 이틀 앞두고 있었다. 한동안 꽤나 친하게 지낸 친구기는 했지만 그녀는 내 계획에 대해 아는 바가 없었다. 그래서 꽃이 코앞에 넘겨졌을 때 나는 기쁘기보다 그 생동하는 존재의 운명이 걱정스러웠다. 동시에, 돌볼 사람 없는 꽃의 처지 따위 내 손 밖의 일로 여겨지기도 했다. 나는 스물세 살이었고, 마음을 받는 사람에게도 책임감이 필요하다는 건 잘 몰랐다. 꽃들의 줄기를 다듬고 윗동을 잘라 낸 페트병에 꽂아 둔 후 집을 나서며 도리를 다한 듯 여겼을 뿐. 마치 저녁에 다시 돌아올 사람처럼 말이다. 비행기가 초보운전 자동차처럼 느릿느릿 활주로에 들어설 때 마음에 턱 걸리듯 그 꽃이 눈에 밟

히긴 했다. 책장 위에 놓인 상상 속 한 단 남짓의 산수국은 기이하리만치 새파란 색이었다.

그후로 그 꽃을 떠올린 적은 별로 없었던 것 같다. 대신 그녀 생각을 했다. 발단은 뉴욕 서점의 엽서 코너에서 그녀와 얽힌 어떤 이미지를 발견한 것이었다. 그러다 단순히 맛있는 것을 먹을 때나 예쁜 것을 볼 때도 그녀를 떠올리게 되었고, 나중에는 수시로 그녀를 생각했다. 인파로 가득한 한낮의 타임스퀘어 인근에서 인적이 드문 어느 길목으로 들어설 때, 록펠러 센터의 공연이 끝나고 어두운 공연장 실내가 순식간에 밝아질 때, 숙소로 향하는 저녁 그리니치 빌리지에서 횡단보도 너머 저쪽 벽의 그래피티 모양을 헤아릴 때. 문득, 아무 때나.

연락을 하지는 않았다. 감정을 자각하고 보니 그녀를 어떻게 대해야 할지 갑자기 어려워진 탓이었을까? 미국에 머무르는 동안 문자만 주고받다가 막상 만나면 모든 긴장이 흐지부지될까 두려웠기 때문일 수도 있고, 어쩌면 가난한 대학생인 내가 여행 내내 너무 비참했던 탓에 자신감을 잃은 부분도 있었을 것이다. 이유야 어찌 됐건 나는 그녀에게 단 한 통의 문자도 보내지 않았다. 그녀에게서도 연락은 없었고. 내가 먼저 연락을 해야 할 상황이라는 건 알고 있었

131

New York_USA

다. 그래서 타협처럼 편지를 썼다. 어느 맑은 오후에, 서점에서 산 엽서 뒤에다가. 센트럴 파크 십 메도Sheep Meadow에 누워 샌드위치를 먹고 노트에 뭘 좀 쓰고 있으려니 갑자기 그녀에게 해야 할 말을 지금 할 수 있겠다는 확신이 찾아온 것이다. 엽서 한 장을 채우는 데도 쓰려다 주저했다, 졸았다 깼다 하며 30여 분이 걸렸지만 말이다. 엽서의 내용은 이랬다.

이 사진 기억나는가. 한동안 네가 미니홈피 프로필로 걸어 뒀던 사진. 너는 어디서 주웠다고, 사진의 정체는 모른다고 했는데, 엽서에 따르면 낸 골딘이라는 포토그래퍼가 1980년 뉴욕에서 촬영한 〈The Hug〉라고 한다. 네가 그냥 예뻐서 샀다는 꽃의 정체가 산수국이라는 걸 알아내는 데에도 시간이 걸렸었다(친구의 주장이기 때문에 사실 아직도 확신할 수는 없다). 너는 늘 그런 식으로 허당인 사람이고, 나는 늘 누군가가 나를 테이킹 케어해 주기만을 기다려 왔던 것 같은데, 너랑 놀고 있으면 내가 누군가를 테이킹 케어해 줄 수도 있겠다는 어떤 가능성을 느낀다. 그럴 때마다 놀란다. 대신 너는, 내가 아무리 이상한 소리를 해도 알아듣는 사람 같다. 아마도 착각이겠지. 그래도 사람과 사람은 원래가 섬처럼 먼 건데, 누군가 내 말을 이해해 준다는 그런 착각 자체가 중

요한 거지 싶다. 방학하고 어떻게 지내는가 모르겠다. 나는 네가 잘 지내는지 늘 신경 쓴다. 너도 가끔 내 걱정을 해라.

그리 오래전에 쓴 편지를 이렇게 상세히 옮길 수 있는 이유는, 그 엽서가 여전히 내게 있기 때문이다. 십 메도 들판에서 읽던 책에 꽂힌 채로. 생각해 보니 나는 그녀의 주소를 몰랐고, 알아내려면 문자든 전화든 해야 했다. 그리고 그걸 차일피일 미루는 동안 의혹이 들었던 것이다. 이 마음은 정말로 그녀에 대한 애정인가? 나는 이 마음을 담보로 한 미래를 기약하는가? 어쩌면 뉴욕이 그렇고 그런 도시라서 나는 그렇고 그런 사랑에 빠진 것인지도 몰랐다. 누군가를 그리며 애틋해하는 나 자신과의 사랑 같은 것에.

그래서 꽃의 운명이 어떻게 되었는지 궁금해하는 사람도 있겠다. 여행을 마치고 돌아왔을 때 물론 꽃은 엉망이 되어 있었다. 시든 수준을 넘어 거의 무언가의 사체였다. 그걸 어떻게 처리했는지는 기억이 희미하다. 자취방 뒤편 화단에 묻어 버릴까 고민을 하기도 했고, '꽃 버리는 방법'이라고 인터넷에 검색도 해 봤던 것 같은데. 일반 쓰레기 종량제 봉투에 담아서 버리면 된다고, 거기에는 그렇게 나와 있었다.

도시와 여행자 사이의 일

여행 애호가는 으레 이런 질문을 받곤 한다. "지금껏 가장 좋았던 여행지는 어디예요?" 뭐든 두루 향유하며 사는 현대인에게 딱 하나만 꼽으라는 것만큼 난감한 질문도 없을 터. 다만 나의 경우 그렇게 정색하기에는 사실 그런 질문 앞에 자동으로 떠오르는 풍경이 있긴 하다. 러시아 상트페테르부르크의 여름 풍경이다. 하지만 지금껏 상트페테르부르크를 가장 좋아한다고 답해 본 적은 없다. 한 번도. 아마 제대로 설명할 수가 없어서일 것이다. 그 도시의 잔상들 위로 떠도는 감정을 언어로 구현할 확신은 원고를 쓰는 지금도 여전히 서질 않는다.

　물론 여행지 상트페테르부르크의 매력을 설명하는 건

그리 어려운 일이 아니다. 그건 연원을 읊는 것만으로도 충분하다. 상트페테르부르크는 300여 년 전 러시아 땅 발트해 연안에 불쑥 솟아난 도시다. 이전에는 그 자리에 오직 뻘밭이 있었다. 서유럽 문명을 깊이 동경했던 표트르 대제가 서유럽 건축과 예술을 가져와 갯벌 위에 러시아의 새로운 수도를 구축한 것이다. 기록에 따르면 이 무모한 도시계획에 무수한 인부와 죄수가 목숨을 잃었다. '뼈 위에 세운 도시'라는 별명은 그렇게 붙여졌다. 기이하기는 공식 명칭도 마찬가지다. 러시아의 새 수도에 자국 황제가 붙인 독일어식 지명은 한 인간의 자격지심을 너무 노골적으로 담고 있어 웃음이 날 정도다. 성스러운 표트르의 도시, 상트페테르부르크.

이 몰상식한 계획이 얼마나 성공적으로 구현되어 오늘날까지 빛을 발하고 있는지 보는 것은, 우습지만 동시에 경이로운 일이기도 하다. 상트페테르부르크의 놀라운 아름다움과 딱 그 크기만큼의 공허함, 일련의 아이러니는 그 자체로 커다란 영감이다. 푸시킨, 도스토옙스키, 고골, 체호프, 차이콥스키, 라흐마니노프 등 인류사에 길이 남을 무수한 예술가가 이 도시에서 쏟아져 나온 것도 우연은 아닐 것이다. 역사 애호가든 건축 애호가든 문화예술 애호가든 모두

St. Petersburg_Russia

입을 모아 이 도시를 예찬할 수밖에 없을 것인데, 나는 그 모두에 깊이 동의하면서도 그렇듯 신이 나서 떠들 수는 없다. 상트페테르부르크가 내게 아름다운 도시인 것만은 아니기 때문이다. 오히려 끔찍한 경험을 한 곳이라면 모를까. 만약 지난 여행의 사정을 털어놓고 누군가에게 공감이나 위로를 얻는다 해도 석연치 않기는 마찬가지일 것이다.

가장 끔찍한 부분에서부터 출발하자면, 나는 상트페테르부르크에서 강도를 당했다. 리테이니 애비뉴Liteyniy Avenue의 밤거리에서였다. 그전까지 나는 여느 여행자처럼 명승지를 떠돌며 그저 천진난만하게 놀았다. 강변을 거닐고, 성 이사악 성당St. Isaac's Cathedral 꼭대기에 올라 도시를 굽어보고, 여름 궁전Summer Garden의 정원에서 뒹굴고, 새벽에야 한두 시간 잠깐 넘어가는 백야 철의 해를 핑계 삼아 한낮부터 술을 마셨다. 그러다 거짓말처럼 어두워진 어느 밤 으슥한 거리에서 세 명의 남자를 맞닥뜨린 것이다. 그들은 나를 차에 태우려 했는데, 다행히 저항 끝에 별다른 신체적 위해 없이 벗어날 수 있었다. 하지만 대체 언제 손을 댄 건지 지갑은 벌써 사라진 후였다. 거기에는 여권과 신용카드까지 들어 있었기에 허전한 주머니에 손을 찔러 넣었을 때는 마치 움푹한 구덩이에 발이라도 내딛은 듯 세상이 울렁거렸다. 리테이니 애비뉴는 지금 상트페테르부르크에서 가장 재기 넘치는 거리다. 기껏해야 열 평쯤 되는 공간에 비어 탭을 십수 개 갖추고 있는 펍도 있고, 밤새도록 연주자들이 나고 들며 잼(즉석에서 합을 맞추는 연주 방식)을 하는 애시드 재즈클럽도 있다. 그러나 그런 신흥 번화가가 으레 그렇듯 한 발짝만 벗어나면 놀랍도록 스산한 거리에 놓이게 된다. 세 남자가 사라지고 돌아보니 내가 걷고 있던 거리도 어둠과 적막뿐이었다. 문 닫은 은행과 미용실, 서점, 그리고 막차가 끊긴 트램 역.

웃기는 부분은, 그런 일을 당하고도 내 마음이 여전히 상트페테르부르크에 매혹되어 있었다는 것이다. 다음 날 아침 영사관과 은행을 오가는 길에도 몇 장이나 거리 사진을 남긴 걸 보면. 영사관 직원이 메모지에 볼펜으로 대충 그린 약도를 들고 문을 나서는 순간, 주말 아침 심부름이라도 떠나는 듯한 감흥에 사로잡힌 것이다. 아니, 반짝이 탓이라고 해야 할까. 저쪽 길가 어딘가가 햇볕에 반짝거리기에 다가가 보니 어느 집 현관에 반짝이가 흩뿌려져 있었다. 아마 지난 밤 좀 유쾌한 콘셉트의 하우스 파티라도 벌인 것이리라. 공들여 촬영하고 나면 좀 한심한 기분이 들었고, 그러나 또 예쁜 것이 눈에 들어오면 망설임 없이 다시 카메라를 들었다. 임시 단수여권을 만들기 위해 찍은 증명사진도 썩 마음에 들었다. 혼자 사진관을 지키고 있던 젊은 청년은 자세나 표정에 대한 아무런 주문 없이 그저 기계적으로 카메라 셔터만 눌렀고, 생기를 포착하려는 일말의 노력도 담겨 있지 않은 결과물이 꼭 정물 사진 같았다.

급한 처리가 모두 끝난 후에는 또 여행이라 할 만한 행위를 했다. 그럴 기분이 아니긴 했으나, 아무튼 여행 일정이 하루가 더 남아 있었다. 그 하루를 숙소에 틀어박혀 보내기에는 내가 후회를 너무 두려워하는 사람이었다. 상트페테르부르크와 만나는 것은 어쩌면 평생 그때 한 번뿐일지도 몰랐고, 해프닝이 있었을지언정 아직 끝이 아니라면 끝내 좋으려고 노력을 해야 했다. 영사관을 나서며 나는 마치 스스로에게조차 태연한 체하듯 허리를 펴고 성큼성큼 걸었다. 그리고 행운의 전조를 찾았다. 영사관 앞 공원에서 들려오는 새소리, 상트페테르부르크에서 본 가장 청명한 하늘, 카페테리아의 빵 굽는 냄새, 곁을 스치는 여인의 빨간 칵테일 드레스…….

그러나 세상은 그렇게 마음가짐이나 예감으로 작동하지 않는 법이다. 애초에 가려고 했던 예르미타시 미술관 Hermitage Museum에는 이미 입장 대기 줄이 끝도 없이 늘어서

있었고, 그 대신이랍시고 다리 건너 쿤스트카메라 박물관 Kunstkamera Museum을 택한 건 그리 좋은 생각이 아니었으며, 유아의 시체 조각과 기형아 표본이 남긴 잔상 때문에 오래도록 속이 울렁였다. 아침도 점심도 거른 채였지만 도무지 뭘 먹을 수 있을 것 같지가 않았다. 오히려 평소에 잘 마시지도 않던 아이스 아메리카노가 간절했는데(그거라면 왠지 갈증뿐 아니라 손가락 마디마디 신경까지 시원하게 헹궈 줄 듯했다) 하필 러시아는 아이스 아메리카노를 찾기가 거의 불가능에 가까운 나라였다. 이 잡듯 뒤져 겨우 찾아낸 단 한 곳의 카페에서는 심지어 내 아이스 아메리카노에 체리 진액을 떠넣는 만행을 벌였고(아마 바리스타가 꽤 산미가 있는 아이스 아메리카노를 경험했고 그것을 체리 진액 같은 첨가물로 해석한 것이리라), 나는 그 난감한 음료와 함께 오래도록 야외 테이블에 머물렀다.

상트페테르부르크의 진면목은 수로를 중심으로 18세기 초에 세워진 도시의 거리 풍경 그 자체다. 아이스 아메리카노를 찾아 골목골목을 헤집고 다니던 때에도, 카페테리아 테라스에 앉아 넋을 잃은 때에도 못내 달콤한 구석이 있었으리라는 뜻이다. 그러나 그때 나는 오직 행선지라는 고민에 빠져 있었다. '이제 어디로 가야 할까?' 불행의 그림자에서 씻겨 날 만큼 끊임없이 새로운 경험을 해야 한다는 무의식의 발로인지도 몰랐다. 강박 속에서 아름다운 주변 환경의 무엇도 즐길 수가 없었고, 그저 조바심 가득한 손놀림으로 휴대폰 속 좁은 지도만 뒤적거렸다.

그리고 그로부터 30분 뒤, 나는 황홀경을 헤매고 있었다. 강박과 우울에서 솟아올라 순식간에 황홀경에 이르기까지, 그 과정은 너무 즉흥적이고 부조리하기에 선뜻 털어놓기가 쉽지 않은데……. 아무튼 시도해 보자면, 발단은 지도에서 'House of Scientists'를 찾은 것이었다. '과학자의 집.' 이 수상한 영문명을 가진 단체의 정체가 뭔지는 아직도 잘 알지 못한다. 다만 이들이 터를 잡은 공간이 대공작 블라디미르 알렉산드로비치의 저택이라는 것, 네바강을 굽어보는 이 으리으리한 저택이 내부 투어 서비스를 제공한다는 것은 알고 있었다. 홈페이지를 샅샅이 뒤지고 러시아어를 전공한 친구의 도움을 받아 메일을 몇 통이나 보내 봐도 예약 방법은 결국 알 수 없었지만 말이다.

나는 그곳으로 향했다. 결국 들어가지 못한다 해도 거기까지 가는 길에 네바 강변이라도 산책한 셈 치지 뭐, 하는 마음이었다. 하지만 실제로 겪고 보니 으리으리한 건물 앞에서 덩치 큰 경비원에게 쫓겨나는 건 없는 일 셈 치기가 어

려운 경험이었다. 간밤에 강도를 당하고 한숨도 못 잔 사람에게 문전박대가 어찌나 눈시울이 뜨거워지는 일일지 미처 예상치 못했던 것이다. 순간 너무 서러워진 나는 거짓말을 하기 시작했다. 오늘 내부 투어를 예약했습니다, 하고. 경비원은 영어로 쓰인 메일을 들여다보며 난감해했다. 여느 상트페테르부르크 사람처럼 그도 영어는 잘 몰랐을 것이다. 그러다 결국 그 난감함을 누군가에게 떠넘기기로 했는지, 나를 건물 내부로 들여 2층 사무실의 어느 여인 앞으로 데려다 놓았다. 여자는 경비가 떠나고서도 10여 분 지나서야 내게 말을 걸었다. 마치 이제야 내 존재가 기억이 났다는 듯이. "유 메이드 레저베이션?" 나는 그렇다고 답했다. 여전히 거짓말이었지만. "노 투어 투데이. 컴 투머로." 그녀가 다독이듯 말했고, 나는 어깨를 으쓱하며 내일이면 이 도시를 떠나야 하노라고 대꾸했다. 그건 정말이었다. 그녀는 다시 인상을 찌푸리며 생각에 빠졌다가 곧 직원들에게 말을 건넸다. 아니, 어떤 종류의 명령이나 꾸중이었는지도 모른다. 분명 뭔가를 묻는 투였는데 아무도 답하지 않았으니까. 여자는 자리에서 일어나며 선언하듯 말했다. "노 가이드, 오케이?" 그녀는 곧장 걸어서 사무실을 나가 버렸고, 나는 그녀가 문고리를 잡은 채 고갯짓을 하는 모습을 보고서야 비로소 내가 초대되었다는 것을 알았다.

상트페테르부르크 과학자의 집은 실로 놀라운 시설이다. 벽지와 석재부터 장식까지 모든 것이 300년 전 당대 유럽에서 공수할 수 있는 최고급 소재로 이루어져 있는데, 각공간마다 인테리어와 구성을 달리한다. 그리고 눈 닿는 곳마다 조각과 그림이 들어차 있다. 방만함에 대한 일말의 가책도 없이 켜켜이. 어쩌면 상트페테르부르크 고유의 미학이응축된 시설이라 할 수도 있을 것 같았다. 나는 방 하나하나가 클라이맥스인 양 오랜 시간을 들여 공간을 둘러보았고, 그 어느 순간 안내자는 기다리지 못하겠다는 듯 걸어가 다음 공간의 문을 열어 놓았다. 그 뒤에서는 실내 정원과 분수가 등장해서, 그때는 정말로 숨이 턱 막혔다.

안내자의 모든 것은 이 저택의 일부처럼 보이는 구석이 있었다. 복장과 걸음걸이는 물론 고고한 표정까지. 오랜시간 천천히 자기도 모르게 공간에 동화된 것일 테다. 어쩌면 당연한 일이다. 표지판 하나 저지선 하나 놓지 않고 오직세월의 더께만 집요하게 털어 낸 이 300여 년 전 왕가의 대저택에서 매일 시간을 보내 왔을 테니까. 들꽃 패턴의 하얀원피스를 입은 그녀는 늘 앞을 가로질러 문을 열고 다음 세계를 펼쳐 놓았다. 과학자의 집 내부에는 에어컨이 없기 때

문에 시종 접부채를 펄럭이면서. 그녀는 사무실을 나선 이후로 한 마디도 하지 않았지만, 문으로 들어선 내가 곁을 지나칠 때는 무슨 심사인지 눈썹을 움직여 간단한 인사 같은 걸 했다.

나는 한참 후에야, 그녀가 2층 연회장 복도를 걷고 있을 때에야, 비로소 깨달았다. 그녀의 존재야말로 내게서 과학자의 집이라는 경험을 달콤하게 만들고 있는 핵심이라는 사실을. 카페트 위로 성큼성큼 걸음을 내디딜 때마다 활짝 젖혀 놓은 창문들이 그녀의 원피스에 여름볕의 패턴을 흘렸고, 그 광경이 눈에 들이차는 순간 내가 맛보고 있는 이 황홀함이 저택에 초대된 귀빈이 된 듯한 감흥이라는 걸 알게 된 것이다. 강도를 당해 빈털터리에 가까웠고, 굶주린 데다, 반바지 차림에, 천천히 감상하고 음미하는 대신 미친 듯 사진을 찍어 대는 행태도 귀빈 같다고 말하긴 어려웠을 테지만 말이다.

생각해 보면 무아지경으로 그리도 열심히 사진을 찍은 건 지난밤 겪은 불행과 충격에 대한 일종의 씻김굿이라 할 만한 의식이었던 것 같다. 실제로 효과도 있었다. 건물을 나와 네바 강변을 맞닥뜨렸을 때 나는 결국 어떤 종류의 포만감을 얻었고, 그 감흥은 여행이 끝날 때까지 강도 사건의 슬품과 공포를 다소간 덮어 주었다.

거기서 마무리됐다면 좋았을 텐데. 그렇게 끝이 난 줄 알았던 여행의 불운은 망령처럼 한국까지 따라왔다. 아니, 대체 그런 게 가능할 줄이야. 여행이 끝난 후에도 여행을 망가뜨릴 수 있는 무언가가 있을 줄이야.

귀국한 이튿날 현상소에서 전화가 걸려 왔다. 현상을 맡긴 카메라 필름 중 한 롤이 몽땅 망가져 있다는 내용이었다. "빛이 번진 형태로 봐서는 엑스레이에 노출이 된 것 같은데요." 상트페테르부르크의 지하철역마다 설치되어 있는 보안 검색대가 떠올랐다. 아마 그게 원흉이었을 터. 하지만 그 한 롤이 과학자의 집을 촬영한 것이었음을 알게 된 후로는 이 모든 일이 일종의 메시지로 여겨지는 것을 떨칠 수 없었다. 거짓말로 얻은 성취, 그에 대한 교훈적 우화 같았던 것이다.

경험과 기억의 관계가, 나는 늘 불만족스럽다. 세상은 어떤 단어로도 형언할 수 없는 컬러였다가, 총천연색의 스토리였다가, 그것도 몇 년 지나면 무지개색 정도로 쪼그라들고, 종국에는 좋은 일 나쁜 일, 흑백으로 수렴되어 버리곤 한다. 그리고 경험과 기억의 관계에서 내가 흥미로워하는 것, 그건 때로 이 과정이 정반대 방향으로 흐른다는 점이다. 어떤 여행은 공항에서 귀국 비행기를 기다리는 순간 명료하게 좋은 여행이거나 나쁜 여행이다. 그러나 일상으로 돌아와 몇 개월이 지나고 보면 그런 구분은 그다지 중요하지 않다. 깊은 여행과 얕은 여행의 범주라면 또 모를까. 그리고 또 시간이 흐르면 어느 순간에는 그것을 하나의 총체로 묶어서 바라볼 수가 없다. 자동차 백미러에 비친 반짝이는 네바 강변 풍경, 화려한 여름 궁전 한쪽 끝에 다다랐을 때 온몸으로 달려들던 뻘밭 냄새, 강변 공원에서 사워 비어를 따서 처음 들이켰을 때의 맛. 점점 사소한 순간들을 되짚게 된다. 그러다 보면 끔찍한 사건들도 단순히 끔찍했던 것만은 아니다. 강도 사건, 영사관행 버스비를 벌기 위한 구걸, 기형아 전시관, 체리 진액을 탄 아이스 아메리카노의 맛, 거짓말, 거짓말로 성취한 비밀스러운 호사, 그 모든 것이.

그리고 사진, 엉망이 되어 버린 사진도 마찬가지다. 현상 결과물을 돌려받은 날 회사 선배가 건넨 말이 있었는데, 그때는 형편없는 위로로만 들렸던 것이 이제는 꽤 무게를 갖고 떠오른다. "나름 예쁘지 않아? 어쨌거나 상트페테르부르크에서 이런 사진을 남긴 건 너뿐일 것 아냐." 며칠 머문 여행지를 마치 그 도시와 연애라도 한 사람처럼 꼴사나운 마

음으로 그리는 사람. 아무튼 그런 사람이 주워섬기기 썩 좋

은 말이었다.

Wien_Austria

한 점

누군가 내게 가장 좋아하는 여행 영화를 묻는다면(제기랄, 나는 아무도 묻지 않을 질문에 대한 답만 생각하며 산다) 지체 없이 답할 수 있다. 짐 자무시 감독의 〈리미츠 오브 컨트롤The Limits of Control〉이라고. 이 불친절한 영화는 두 시간의 러닝타임 대부분을 스페인 마드리드에서 새 임무를 부여받은 킬러의 가만한 며칠을 보여 주는 데에 할애한다. 킬러는 그곳에서 그저 신호를 기다린다. 작은 모텔에서 깨어나면 근사한 빛깔의 수트를 차려입고 노천카페나 미술관 같은 곳을 휘적거리다가 다시 숙소로 돌아오는 것이다. 도통 어떤 사건도 일어나지 않지만 그의 시선을 따라가는 화면 속에서 마드리드의 권태로운 일상 모든 것이 꼭 비밀을 품고 있는 것만 같다. 새로운 환경에 융화되는 킬러의 태도에도 암호 같은 측면이 있다. 그는 매일 아침 호텔 창가에서 기공 수련을 하고, 어느 카페에서든 꼭 두 잔의 에스프레소를 시켜 나란히 두고 마시며, 미술관에서는 한 번에 하나씩의 작품만 공들여 보고 나온다. 맙소사, 딱 한 점의 작품이라니.

나는 도무지 그런 사람이 못 되기에 그 영화를 사랑한다. 여행지의 나는 노천카페에 멍하니 앉아 망중한을 즐기지도 못하고, 행로에 미술관이나 갤러리라도 들를라 치면 거의 한나절을 들쑤시고 나온다. 좋은 것들이 너무 많으니까. 좋은 것들을 깨끗하게 좋아하고 있을 때에야 새삼 깨닫곤 한다. 아, 나는 좋지 않은 것을 보며 좋으려고 너무 애쓰며 살고 있구나. 그것이 나를 버티고 살게 하겠지만, 또한 그건 정말 모욕된 일이야.

딱 한 번, 오스트리아 빈의 갤러리에 들어가서 딱 한 개의 작품만 들여다보고 나온 적이 있다. 벨베데레 궁전 Belvedere Museum이나 레오폴드 미술관Leopold Museum은 아니었다. 벨베데레 궁전 갤러리에서 나는 전시실과 전시실 사이를 거의 뛰어다니다시피 했다. 아침에 문을 열자마자 입장했고, 사람이 없을 때 좋은 작품을 더 온전히 감각하고자 욕심을 냈던 것이다. 벨베데레 궁전은 18세기 한 왕자에 의해 여름 별장으로 지어졌다가 합스부르크 왕가에 팔린 후 황실 미술 전시장이 된 곳이다. 그래서 오스트리아의 보물 같은 작품을 두루 소장하고 있기도 하지만 장소 그 자체로도 큰 볼거리다.

그런데 여행을 떠나기 전에 찾아보니, 고택을 개조한 전시 공간이 그곳뿐인 건 아니었다. 빈 시내 북부의 갤러리 W&K Wienerroither&Kohlbacher Gallery도 저택을 기반으로 한 갤러리라고 했다. 시초는 17세기 말에 한 범유럽적 명문가가 별장 격으로 지은 건물인데, 시간이 지나며 미술품 수집 창고로 변모한 것이다. 그리고 갤러리 W&K가 그 안에 전시 공간을 꾸린 이유는 그 공간에 밴 어떤 종류의 영속성, 어떤 숙명이 사라지는 것이 못내 아까워서였다고 한다. 홈페이지 설명문이 어느 정도나 진심인지는 알 수 없었지만, 아무튼 나는 하단의 주소로 무작정 이메일을 보냈다. 이만저만한 잡지사에서 일하고 있는 아무개라는 에디터인데 귀 갤러리를 탐방하고 싶다고. 평생 그런 이메일을 보내 본 게 몇 번 되지도 않지만, 환대를 받은 것도 그때가 처음이었다. 아이린 메코벡이라는 이름의 큐레이터가 아주 흔쾌한 투로 화답했다. "새로운 전시는 21일부터 시작하지만 당신만 괜찮다면 개막 전의 전시실에라도 초청하고 싶습니다."

161

개막 이틀 전 당도했을 때 전시실에는 이미 작가의 작품이 몇 점 도착해 있었다. 홀로코스트를 주제로 작업하는 슬로베니아 화가 조란 무시치Zoran Mušič의 작품들. 개중에는 비쩍 마른 채 죽어 가는 (혹은 이미 죽은 걸지도 모르는) 인간의 형상을 그린 회화 작품도 있었는데, 실로 서늘한 충격을 안겨 주는 그림이었다. 아이린 메코벡은 갤러리 시설에 대해 설명해 주러 나온 터였으나 해당 그림 앞에서는 멈춰서서 본연의 직무로 돌아간 듯 열심히 작품을 설명했다. 그리고 침묵이 시작된 후에도 내가 계속 그림을 바라보고 있자 이내 자리를 떴다. 창문을 열고 싶거든 열어도 좋아요, 하는 말을 남기고.

300년이 넘은 원목 바닥은 전시실을 나서는 그녀의 걸음걸음마다 제법 큰 소리를 냈다. 삐그덩대는 소리가 화려하고도 차분한 바로크 양식 실내에 울려 퍼질 때, 그리고 문이 닫히며 전시실 한편에 드리웠던 빛이 사라질 때, 그림 속 남자는 또 다른 형태의 고통을 받는 것처럼 보였다. 삐그덕, 삐그덕, 끼익, 쿵, 하고. 나는 어두운 실내에 남겨져 오래도록 오직 그 그림을 바라보았다. 애초의 목적이었던 공간은 거의 둘러보지도 않은 채로. 큐레이터의 제안을 따라 창을 열어 볼 생각도 못 했다. 등 뒤에서 육중한 나무 문이 달

칵 닫히고 빛도 소리도 인간도 사라지는 순간, 물질 세계를 떠나 다른 어딘가에 도달한 듯한 느낌을 받았던 것이다. 빈의 갤러리도 아니고, 수백 년 전의 대저택도 아니고, 세계대전 중의 유대인 수용소도 아닌, 말하자면 '완벽한 감상의 세계'에. 그런 곳에 다다른 적이 있는 사람이라면 분명 알 것이다. 설령 더 나아질 가능성이 있다고 해도 거기서 우리는 무엇도 바꿀 수가 없다는 것을. 오직 주어진 것을 좋을 때까지 감상하다가 다시 본연의 삶으로 건너올 수밖에 없다는 것을 말이다.

〈도라지 타령〉과 〈원더월〉

테리는 기타로 자기 고향의 민요를 연주하고 있다. 아니, 분명 자기 고향의 민요를 들려주겠다고 했는데, 연주에 너무 심하게 기교를 곁들이는 바람에 이미 민요라고 말하기 어려운 무엇이다. 어떤 중국 민요가 저렇게 싱커페이션이 많단 말인가. 어느 지방의 민요를 저렇게 블루스 기타리스트처럼 미간을 찌푸린 채 연주해야 한단 말인가. 그도 차츰 스스로의 행태가 객관화되었는지 연주 중에 갑자기 낚아채듯 말한다. 아, 나 한국 노래도 아는 게 하나 있어. 그리고 곧장 다른 멜로디를 연주하기 시작한다. 코드 전개만 따르는 수준의 연주라 무슨 노래인지 알아채기는 쉽지 않다. 그러나 전주가 끝나고 그가 입을 떼는 순간, "도라지"라고 선명하게

Shanghai_China

발음하는 순간 대번에 그 정체를 알게 된다. 그렇게 시작하는 노래는 세상에 〈도라지 타령〉밖에 없을 테니까. 나는 그만 웃음이 터져 버린다. 시종 끈적하고 절절한 멜로디를 들려주던 이국의 기타리스트가 갑자기 토종 산나물의 우수성을 예찬하는 경기도 민요를 불러 대니 당연한 일. 왜 하필 〈도라지 타령〉일까? 대체 어디서 그런 걸 배운 걸까? 하지만 웃음이 터진 순간 실례가 될 수도 있겠다는 생각이 들고, 무마하듯 황급히 멜로디에 맞춰 함께 노래를 불러 준다. 도라지 도라지 백도라지, 심심산천의 백도라지, 하고.

문제는 여느 한국인처럼 나도 〈도라지 타령〉은 거기까지밖에 알지 못한다는 사실이다. 돌림노래처럼 한 구절만 계속 반복되니 테리도 어정쩡한 미소로 곧 연주를 끝맺는다. 그런데 기타를 끌어안고 와인만 홀짝이고 있던 또 다른 뮤지션 링은 그 짧은 협연에서 큰 영감을 얻은 듯하다. 이를테면 저 한국인 관광객에게도 목청이 달려 있어 노래를 부를 수 있다는 사실을 깨달은 것이다. 어쩌면 우리가 다 함께 아는 노래를 불러 볼 수도 있겠다는 사실을. 잔을 내려놓은 그는 시험하듯 몇 가지 유명 기타 리프를 연주해 보기 시작하고, 몇 번의 실패 끝에 우리는 모두가 영국 밴드 오아시스의 명곡 〈원더월Wonderwall〉을 안다는 사실을 깨닫는다.

링의 메인 멜로디 연주에 테리가 슬쩍 세컨드 기타를 얹고 내가 가사를 흥얼거리니 그게 곧 합주의 시작이다. 그리고 Because maybe, you're gonna be the one that saves me. And after all, you're my wonderwall, 노래가 후렴구에 이르자 가게 안의 사람들이 모두 이쪽을 흘끗거린다. 종업원도 뭔가 말하려는 듯 걸어 나왔다가, 문간에 기대어 그저 지켜본다.

이들과 동석하게 된 건 30분 전이다. 처음 말을 섞은 건 그로부터 또 한 시간쯤 전이려나. 내가 요 근방 어딘가에 숨겨져 있다는 비밀스러운 콘셉트의 바로 향하는 길을 물었고, 술집 야외 테이블에 앉아 있던 그들이 옆의 오피스 건물 입구로 들어가 지하로 내려가면 된다고 알려 주었던 것이다. 그리고 내가 그 바에서 올드패션드 한 잔과 맥주 한 병을 마시고 나올 때까지 그들은 같은 자리에 앉아 있었다. 기타를 튕기면서. 나는 그들이 앉은 술집에 들어가 맥주 한 병을 사 들고 나왔다. 그리고 담배를 피우며 연주를 엿들었다. 실력이 꽤나 빼어났기 때문인데, 나중에 듣기로 그들은 오늘 이 바에서 공연을 한 뮤지션들이라고 했다.

"옆의 바는 어땠어?" 대뜸 사교성 좋게 말을 건넨 건 테리였다. 내가 그때 뭐라고 답을 했던가? 그 밤에 대해 여

지껏 기억나는 것은 오직 깊은 이야기들이다. 도시 생활에 대한 이야기, 음악과 삶에 대한 이야기, 중국의 폐쇄적인 문화 정책에 대한 이야기. 우리는 처음 만난 사이에, 처음 만난 사이라서, 그렇게 자신을 딱 잘라 스스럼없이 단면을 내보였다. 중간중간에 연주와 노래를 곁들여 가면서, 무슨 라디오 프로그램이라도 진행하듯이 말이다.

나는 테리와 결연한 악수를 한다. 약속도 한다. 내일도 여기서 공연을 한다니 그럼 내일 제대로 공연을 보러 올게. 우리는 그저 관광객과 친절한 현지인들이거나, 뮤지션들과 관객이라고도 할 수 있겠지만, 지금은 서로가 당도한 삶을 덧없이 털어놓을 수 있는 술친구에 가장 가깝다. 문제는 이제 숙소로 돌아가 잠이 들고 술이 깨면 내가 지금의 나와는 좀 다른 사람이 될 것이라는 사실인데……. 내일의 나는 계획이 많은 사람, 욕심도 많은 사람, 너무 적은 노잣돈과 너무 많은 선택지를 갖고 신세계에 당도한 사람. 그리하여 테리는 아마 내일 저녁 무대에 서서 홀을 돌아볼 때, 다소간 실망하게 될 것이다.

이 지면을 빌어 '또 오겠다'는 내 말을 믿었던 여행지의 모든 친구들께 심심한 사과 말씀을 드리고 싶다. 미안하다. 사실 바쁜 여행자인 내게는 이미 다른 계획들이 있었다.

그런데 동시에 그런 말을 뱉을 때는 늘 진심이었다고도 변명하고 싶다. 엉터리처럼 들릴 거란 걸 알지만, 그래도 알아줬으면 해서. 그래서 이 원고는 현재형 시제로 쓰여졌다. 악수를 청한다. 눈을 들여다보며 내일도 오겠다고 말한다. 정말로 내가 내일 이곳에 또 올 것 같아서, 이곳이 이대로 내 삶에서 빠져나가 버릴 것이라는 사실을 나조차도 믿고 싶지 않아서 말이다.

Luang Prabang, Laos

카운트다운

숙소 입구를 나설 때 정원 테이블에 앉아 있던 누군가가 물었다. 웨어 아 유 고잉. 어디 가느냐고. 한 해의 마지막 날 밤이었고, 나는 루앙프라방 마을의 중심에 위치한 바 유토피아로 향하고 있었다. 이름처럼 세계 곳곳에서 모인 인간들이 온종일 좌식 소파에 널부러져 색색깔의 음료를 마셔 대는 바. 늘어져 있는 것에도 지친 인간들이 내부에 조성된 비치발리볼 경기장에서 정체를 알 수 없는 구기 스포츠를 벌이는 바. 연말 밤이면 유토피아는 발리볼 네트를 걷어 내고 모래사장 한가운데에 불을 피워 두곤 했는데, 그러면 누가 안내하지 않아도 사람들은 불 주변으로 둥글게 모여 앉아 도란도란 술을 마셨다.

나도 그랬다. 어제 그 원에 끼어 앉아 친구를 몇 사귀었고, 그래서 오늘도 만나서 함께 새해 카운트다운을 하자고 약속한 것이다. 모래사장 한편에서는 직원 하나가 땔감을 엮어 거대한 인간 모양 조형물을 만들고 있었으니 오늘 그것을 불태우겠지. 밤 12시에 맞춰서. 방콕에서 왔다는 여자애가 별안간 나에게 키스에 대한 얘기를 늘어놓기도 했으니 그 순간에 해피 뉴 이어 키스를 할 수도 있을 것이다. 운이 좋으면.

숙소 앞에서 어디 가느냐는 질문을 받았을 때 그 모든 계획과 예감을 털어놓지는 않았다. 심지어 유토피아에 간다고도 하지 않았고, 그저 이렇게 말했다. "모르겠어. 아마도 바 같은 곳에 가겠지?" 왜 그렇게 말이 눙치듯 나왔는지 모르겠다. 내 영어 말하기 방식에 문제가 있거나(아마도 미국 영화나 드라마에서 영어 회화를 배우며 능청까지 함께 습득한 폐해로), 혹은 깨끗이 씻고 수염을 세심히 다듬고 팽팽한 셔츠에 잘 닦은 구두를 신고 막 길을 나선 차였기 때문일 수도 있겠다(그러고 나서는데 집 앞에서 누군가에게 어디 가냐는 질문을 받는다면 당신도 괜히 딴청을 피우게 되리라).

말을 걸어온 사람은 생판 초면은 아니었다. 오가며

"하이 헬로" 몇 번 간단히 인사했던, 옆 객실에 머무는 중년의 백인 남자였다. 그와 늘 한몸처럼 붙어 다니던 동양인 여자도 역시 함께였다. "그럼 그전에 우리랑 한잔할래?" 남자는 이렇게 되물었다. 그리고 내가 금방 답을 내놓지 못하고 우물쭈물하고 있으려니, 테이블 위의 병 하나를 들어 보였다. "아까 야시장에서 술을 한 병 샀는데 우리 둘이서 마시기에는 좀 버거울 것 같거든." 나는 양팔을 슬쩍 펼쳐 보이며 "와이 낫" 하고는(모쪼록 다음 세대의 한국인들은 영화나 드라마로 영어 회화법을 습득하지 않기를 빈다) 그들의 테이블에 동석했다. 남자가 여자에게 뭐라고 하자, 여자는 숙소 식당으로 들어가 컵 하나를 더 가져왔다.

내가 그들의 초대에 응한 데에는 몇 가지 이유가 있었다. 일단은 딱히 계획이 없다고 해 놓고는 갑자기 약속이 있다는 식으로 말을 바꾸기 민망했던 게 가장 컸고, 둘째로는 유토피아에 가기 전에 어느 정도 예열을 하는 게 나쁘지 않을 것 같았다. 내가 파티에 혼자 가서 마냥 즐겁게 놀 수 있느냐 혹은 어색해하고 겉도느냐, 살면서 겪어 보니 그 여부는 나 자신도 도통 예측할 수가 없는 것이었으므로.

그리고 술. 그가 나눠 마시자고 한 술도 결정적 요인이었다. 나도 오늘 야시장을 구경할 적에 술 좌판을 오래도록

기웃거렸던 것이다. 그곳에서는 여기 주민이 직접 담갔다는 뱀술, 전갈술 등을 허름한 병에 넣어 팔고 있었고, 나는 오래 고민하다 결국 일종의 안전과민증 때문에 돌아섰던 터였다. 그런 경험이 있는 사람이라면 분명 통감하리라. 불과 몇 시간 전에 포기하고 돌아선 대상을 누군가 눈앞에 딱 들이민다면 우리는 그것을 무슨 운명처럼 받아들일 수밖에 없다는 사실을. 더구나 그가 사 온 건 찹쌀주였다. 만에 하나 우려했던 대로 위생이나 건강 측면의 위험 요소가 있다 해도 찹쌀주 한 잔으로 비명횡사하지는 않을 것 같았다.

물론 그 술을 말처럼 딱 한 잔 마시고 일어나게 되지는 않았다. 나는 뭐든 따라 주면 꿀떡꿀떡 곧잘 마시는 식으로 술을 배운 사람이었고, 남자는 상대의 잔이 반절만 비어도 얼른 채워 주는 식으로 술을 배운 듯했다. 그의 이름은 미셸. 독일 태생이라고 했다. 함께 있는 여인은 태국 태생이며 그의 아내라고 했는데, 이름은 듣지 못했다. 아마도 미셸은 이름보다 그녀가 영어를 못 한다는 사실을 알려 주는 게 더 급하다고 생각했던 것 같다. "나는 독일에서 왔어. 그녀는 태국인이야. 내 아내고, 영어를 못 해." 그러면 나는 그녀에게 악수라도 청하며 이름을 물어야 했는데, 그녀는 이야기를 듣는 건지 마는 건지 무표정으로 전화기만 들여다보고 있었다. 그래서 나는 고개를 돌려 미셸과 말을 이었다. "오, 그럼 두 사람은 독일어나 태국어로 대화하나?" "그녀는 독일어를 전혀 못 하고, 나는 태국어를 전혀 못 하지." "그럼 어떻게 서로에게 이야기를 해?" "그녀가 영어를 다 알아듣긴 해. 말을 하지는 못해도." 나는 나도 모르게 '그럼 너는 그녀를 어떻게 이해하느냐'고 물어볼 뻔하다가 가까스로 말을 멈췄다. 자칫 관계를 재단하거나 비난하는 뉘앙스로 전해질 수도 있을 듯했기에. 그리고 보니 그들의 관계에 대해 더 말하는 것 자체가 그리 좋은 생각 같지 않았다.

주제는 자연스레 소소한 것들로 옮겨 갔다. 루앙프라방을 여행하며 느낀 점이라든가, 내가 가 봤던 독일의 도시들 이야기라든가. 여행지 바의 옆자리에 우연히 앉은 사람들이 으레 나눌 법한 이야기들이었다. 좀 별난 지점이 있었다면 그는 마치 손님이 둘뿐인 바에 앉아 있듯이 나만 보고 얘기를 했고, 그러나 이쪽으로 눈길도 주지 않는 여인은 그의 아내였으며, 나는 내가 괜히 끼어서 이 부부의 연말 여행을 망치고 있는 건 아닌지 계속 마음 쓰였다는 점이다. 그렇다고 쉽게 자리를 뜰 수도 없었다. 미셸은 조리 있게 말하고, 타인을 경청하고, 좋은 질문을 던지는 사람이었다. 이제 슬슬 가 봐야겠다는 말을 할 타이밍이 좀처럼 생기지 않았다

는 뜻이다. 그런 말을 꺼내려면 갑자기 내리치듯 흐름을 뚝 끊어야 했고, 그건 초대하고 술을 대접해 준 사람에게 아무래도 좀 무례한 일일 듯했다.

결국 자리는 둘 다 취할 정도로 마시고 나서야 파했다. 내가 "오늘 오래 걸어서 그런지 좀 빨리 취한다"고 했더니 미셸은 "이 술 43도라고 들었어"라고 답했고, 나는 "포리쓰리? 홀리 쉣" 하고 웃으며 이마를 팍 짚었다. 시계를 보니 벌써 10시 반이었다. 나는 카운트다운을 함께하기로 한 친구들이 있어서 이제 가 봐야겠다고 말했다. 스스로도 놀랄 만큼 입에서 저절로 튀어나온 말이었는데, 미셸은 "아, 그래 너무 오래 잡고 있었네" 말하며 선선히 보내 주었다. 이렇게 쉬운 일이었다니.

뒤늦게 당도한 유토피아는 이미 절정이었다. 이국에서의 끝내주는 연말이라는 기억을 갖고 싶어 하는 사람들이 서로를 땔감으로 불을 지피고 있었고, 제법 달아오른 와중에도 어떡하면 더 활활 타게 할 수 있을까만 고민하는 것 같았다. 모래사장으로 들어서자 어제 사귄 친구들이 팔을 당기거나 어깨를 툭툭 치면서 안 오는 줄 알았다고 타박을 해댔다. 그러고는 오늘 새로 알게 된 이들을 소개해 줬다. 바 안의 모두가 서로의 동창이라도 되는 양 떠들고, 마시고, 춤을 추고, 사진을 찍어 댔다. 새해가 코앞에 바짝 다가올 때까지.

11시 45분쯤 되자 바 직원들은 춤추던 사람들을 바깥쪽으로 물리고 그 자리에 각목을 쌓았다. 그리고 그 중앙에 어제의 그 거대 목각 인형을 세웠다. 그런 걸 태우는 게 대체 어느 나라의 제의인지는 몰라도, 제물 같은 뭔가가 등장하자 사람들은 환호를 질렀다. 나는 어땠냐면, 그냥 어지러웠다. 춤을 출 때는 춤을 춰서 어지러운 것 같았고, 가만히 있으려니 가만히 있어서 어지러운 것 같았다. 급하게 마신 술이 깨면서 어지러운가 싶어 술을 더 시켰는데, 이제는 술을 더 마시는 바람에 어지러웠다. 그래, 뭐라도 먹었어야 했는데. 열광하는 군중에 끼어 나무에 콸콸 기름이 끼얹어지는 광경을 보면서 그런 생각을 했다.

그렇게 새해가 되었다. 절정의 순간을 너무 맥없이 내놓는 것 아닌가 생각하는 사람도 있겠지만, 실제로 내게는 새해라는 게 늘 그렇게 멀뚱멀뚱 왔던 것 같다. 인간들의 열광과 고함을 무참히 배신하며, 아무 소리도 내지 않고 홀연히. 새해로 발을 들인 사람들은 작년보다 한층 더 미친 듯이 춤을 추고 소리를 질러 댔지만 그렇다고 10분 전과 딱히 뭐가 바뀐 것 같지는 않았다. 오히려 에너지와 별개로 묘하게 달뜬 듯한 어떤 기운이 사라져 버린 것 같기도 했다. 아니면 나만 그렇게 인식했던 걸까? 여태껏 한 번도 새해가 되는 순간 어떤 마법적인 경험을 해 본 적이 없는 탓으로?

결국 그날 태국에서 온 여자아이와 키스하지는 못했다. 무아지경으로 키스를 하고 있던 어느 백인 커플과 부딪히고 눈이 마주치는 바람에 그중 남자와 잠깐 키스를 하게 되긴 했는데…… 그 이야기를 내가 자세히 하고 싶은지는 잘 모르겠다. 그냥 한 해 마지막 날과 새해 첫날 사이에서 우리는 다 너무 취해 있었다. 나는 맥주병 하나를 들고 그들 사이를 영혼 잃은 사람처럼 부유하며 춤과 사진과 스킨십에 아무렇게나 응했고, 다만 맥주는 완고하게도 오직 라오블랙만 시켰다. 무려 독일에서 온 중년 남자 미셸이 강력 추천한 맥주였기 때문이다. 아시아 맥주들은 하나같이 가볍고 달아서 별로라고, 하지만 라오블랙은 웬만한 독일 맥주보다도 맛있으니 꼭 마셔 보라고, 그가 그랬었다.

조우

델로니어스 몽크 플레이즈 온 셍헤이

혼자 여행을 떠날 때 내가 반드시 검색하는 것 중 하나는 그 도시의 재즈클럽이다. 재즈클럽은 한 사람이 근사한 고독감을 얻을 수 있는 가장 손쉽고도 확실한 공간이기 때문이다. 들어서자마자 네그로니 한 잔을 주문하며 코트를 의자 등받이에 대충 접어 얹을 때, 잡생각에 빠져 있다가 예상치 못한 방향으로 흘러가는 솔로 연주에 잠에서 깨듯 박수를 보낼 때, 그리고 그에 화답하듯 연주자의 얼굴에 슬쩍 피어오르는 미소를 볼 때, 담배라도 피우려 가게를 나서면 등 뒤에서 육중한 나무 문이 닫히고 그 사이로 새어 나오는 트럼펫 소리의 울림이 누군가의 귓속말처럼 오히려 더 선명하게 몸에 스며들 때, 그런 때 우리는 고독하되 그 고독만으로 너무

나 충분한 사람이 된다.

그 효과는 비단 클럽에 머무는 순간에만 국한되지 않는다. 재즈클럽에 갈 계획을 갖고 있는 여행자라면, 혹은 지난밤에 다녀온 여행자라면, 나머지 일정을 무엇을 하며 보내건 여행의 결이 달라지게 마련이다. 막연한 기대를 품고 찾아간 낮의 장소들에서 실망만 잔뜩 얻고 돌아왔대도 괜찮다. 늦잠을 자고 호텔에서 종일 허송세월했대도 문제 없다. 당신은 저녁이 되면 꼼꼼히 샤워를 하고, 머리를 말끔하게 넘겨 빗고, 예쁜 옷을 입고 재즈클럽에 갈 사람이니까. 아니, 어쩌면 그렇게 낮이 비참할수록 밤이 더 근사해지는 걸지 모르겠다. 그건 아마도 고독이나 슬픔, 비극까지도 낭만과 흥의 영역으로 끌어안는 재즈의 음악적 근원 덕분일 터. 잘못된 선택을 한, 어쩔 수 없는, 지쳐 버린 삶이 돌연 아름다워지는 효과 역시 내가 재즈클럽을 사랑하는 이유라는 것을 인정해야만 할 테다.

한번은, 어찌나 낭만에(혹은 비참함에) 사로잡혔던지 재즈 공연을 보면서도 재즈를 그리워했다. 중국 상하이였고 12월 말이었다. 겨울의 한가운데. 그러나 제주도보다 경도가 낮은 상하이에는 그때에도 눈 대신 비가 왔다. 12월 27일 낮까지만 해도 맑던 날씨는 오후 4시가 되자 가랑비로 변했고, 줄지도 거세어지지도 않은 채 늦은 밤까지 계속 내렸다. 푸둥 국제공항에 도착했을 때는 맑던 하늘이 시내로 들어가는 기차 안에서 마침 생각났다는 듯이 비를 뿌리기 시작했던 것이다. 시속 400킬로미터로 달리는 자기부상열차 속에서 그건 꼭 시간이 아니라 공간의 문제 같았다. 비는 지금 막 내리기 시작한 게 아니라 상하이라는 도시 위에만 뿌려지고 있었고, 나는 그 속으로 들어가고 있었다. 사시사철 늘 일정한 양의 비가 추적추적 내리고 있는 도시 속으로. 열차에서 내린 나는 신고식처럼 그 비를 약간 맞기도 했다. 우산은 트렁크 깊숙이에 있었고, 역에서 숙소까지는 걸어서 금방인 것처럼 보였으며, 비는 너무 가랑비였다.

옛 성현들이 누구이 말했듯, 가랑비를 과소평가하는 건 그리 좋은 생각이 아니다. 외지에 막 당도해 면역력이 주춤한 상태에서 비를 맞으며 걸어다니는 것도 마찬가지다. 어쩌 드라이기를 드는 것조차 힘들어서 몇 번씩 멈춰 가며 머리를 말려야 한다면 몸살을 의심하고 푹 쉬는 게 상책일 것이며, 그래도 꼭 나가야 한다면 따뜻하고 편안한 곳을 찾는 게 현명할 것이다. 비 내리는 푸둥지구를 구경하겠다고 한 시간여를 와이탄外灘 강변에 서 있을 게 아니라. 그리고 가장 나쁜 판단, 그것은 으슬으슬한 몸을 달래겠다며 독주를 들이켜는 것이다. 나는 하늘이 완전히 어두워지도록 강변에 서 있다가 식당에 들어가 둥파육에 공부가주를 마셨다. 그 결과 채 6시도 되기 전에 몸이 천근만근이 되었는데, 그럼에도 여전히 숙소에 들어갈 생각은 없었다. 미리 예약해둔 8시 재즈클럽 공연에 가야 하기 때문이었다. 여행지에서 나라는 사람이란 늘 스스로도 낯설 만큼 미련하고 가혹한 사람이라, 그때의 나에게는 일정을 따르는 게 그렇게나 중요했던 것 같다.

재즈클럽 헤이데이는 상하이의 서쪽, 창닝구低宁区 깊숙한 주택가에 있었다. 공연 시간을 기다려 펍에서 칵테일 한 잔을 더 마신 나는 지하철을 두 번 갈아타고 자오퉁대역으로 향했다. 시간대가 시간대고 보니 전철 속에는 퇴근하는 직장인 행색의 사람들이 많았다. 지친 사람들. 몸은 아직 여기에 머물러 있으나 마음은 이미 집에 도착해 있는 사람들. 그런 생각을 하다 문에 비친 얼굴을 보니, 나도 딱히 여행 1일 차 관광객의 얼굴을 하고 있지는 않았다. 그래, 끝끝내 부정하고 있긴 했으나 나도 사실은 숙소를 그리워하고 있었을 것이다. 인파에 섞여 지하철역 계단을 오를 때는 숙소로 가는 행로를 되짚다가 잠깐 상하이에서의 삶을 상상하기도 했다. 푸둥지구에서 종일 일하고 퇴근해, 저녁도 먹기 전에 재즈클럽으로 향하는 평행 세계의 나 자신을.

　　그런데 그때, 7번 출구 끝에 이르러, 놀라운 일이 벌어졌다. 출구 옆에 서 있던 한 여인이 뒤를 돌아보다 나와 눈이 마주치고는 활짝 웃어 보인 것이다. 꼭 기다리던 남자친구나 남편이라도 발견한 것처럼. 정말로 내 뒤에 그녀의 지인이 서 있었다면 안타깝기라도 할 것 같은 미소였다. 아무 맥락 없이도 질투를 만드는 미소가 있다는 것, 꼭 그것과 연결된 게 내 존재였으면 하는 미소가 있다는 것. 그건 나도 그때 처음 알았다. 당황해 눈을 피하지도 못한 찰나 그녀는 입을 뗐다. "비 소식을 못 들었어요. 우산 좀 씌워 줄 수 있어요?"(라고 말했을 것이다. 아마도.) 나는 답했다. "저는 중국어를 못 합니다." 그녀는 잠깐 당황했다가 다시 영어로 말했다. "비 소식을 못 들었어요. 우산 좀 씌워 줄 수 있어요?" 그런 종류의 부탁을 거절하는 법을 알지 못하는 나는 단번에 승낙했다. 내심은 인류애만이 아니었겠지만. 나는 우산을 펴면서 그녀의 첫마디가 내 마음에 퍼뜨린 파장을 곱씹었다. 중국어의 성조라는 것은 모르는 사람에게도 그리 멜로디컬하게 말을 걸게끔 되어 있구나. 아니면 그건 성조의 문제라기보다 중국인의 성정이려나? 혹은 상하이 사람의, 혹은 이 사람의 성정.

191

그렇게 비 오는 상하이 거리를 모르는 사람과 걷게 되었다. 15분쯤이었으려나. 영 데면데면한 채로 걸을 수도 없는 일이라 대화를 나누기도 했다. 일기예보 이야기, 푸둥지구 풍경 이야기, 상하이에 눈이 내린 날의 이야기…… 가장 깊은 대화라 봐야 구두 이야기 정도였다. 걷는 속도가 괜찮냐고 물었을 때 그녀는 고개를 크게 끄덕이고는 뒤늦게 답을 달았다. "딱 좋아요." 나는 물웅덩이를 밟지 않도록 조심하라고 덧붙이며 흘끗 그녀의 발을 보았다. 흰 양말에 연갈색 구두 차림이었다. 어쩌면 진노랑이라고 할 수도 있을 색깔의 펌프스. 구두를 잘 모르는 사람이 봐도 물이 잘못 들면 얼룩이 생길 것 같은 구두였다.

그리고 생각이 딱 거기까지 닿았을 때 마침 그녀가 혼잣말처럼 말했다. "좋아하는 구두인데." 나는 답할 말이 생각나지 않아 적당히 이상한 대꾸를 달았다. "그래요. 굽 소리가 좋네요." 그녀는 그 말에 묘하게 부끄러워하듯 웃었다. 나는 혹시나 실례가 되었을까 허둥지둥 제대로 된 답을 달았다. "집에 도착하자마자 면 수건으로 겉을 닦고, 안에 신문지를 구겨 넣은 후에 세워서 보관하면 아무 문제 없을 거예요." "집에 신문 같은 게…… 없을 것 같은데요." "하긴 요즘은 그런 걸 갖고 있는 집이 잘 없죠." "신문 읽어요?" "가끔요." 그녀는 가벼운 농담이라는 걸 주지하듯 흘낏 눈길을 주며 답했다. "올드패션드한 사람이네." "문화적 차이라고 생각할 수도 있지 않나요?" "한국 사람들은 신문을 읽어요?" 그녀의 질문에 나는 말문이 막혀서 잠깐 뜸을 들였다. 그녀는 그 상황이 재미있었는지 생글생글 미소지었는데, 내가 "올드패션드한 사람들만요" 뒤늦게 답했을 때는 아예 소리 내서 웃었다. 그러고는 오른손을 뻗어 우산을 든 내 팔 위에 가볍게 포개며 말했다. "내 구두가 걱정되면 조금만 천천히 걸어요. 그래도 되죠?" 그녀가 채 말을 끝내기도 전에 내 걸음은 저절로 한층 온순해졌다. 주인의 손길에 안정을 되찾기라도 한 반려동물처럼.

우리의 이야기가 얕은 수준에 머물렀던 것은 그녀의 영어가 그리 유창하지 않은 탓이기도 했으나, 그보다는 내가 가진 일종의 과민증 문제가 컸다. 나는 여행지에서 스치는 이성에게 지분거리는 인상을 주지 않으려 늘 과할 만큼 애썼다. 불친절하지도, 너무 친절하지도 않고자 한 것이다. 그러나 몸의 거리는 내가 조절할 수 있는 게 아니었다. 한 우산을 두 사람이 쓰고 걸어간다는 건 그런 일이니까. 우리는 이방인치고 너무 바짝 붙어서 걸음까지 맞춰 걸었다. 그녀의 퍼스널 스페이스는 나에게 지나치게 가까웠는데, 그렇다

Shanghai_China

고 슬쩍 밀어낼 수도 없는 노릇이었다. 비켜서기엔 나도 이제 더 이상 비를 맞아서는 안 될 사람이었고. 그녀는 여전히 오른손을 내 팔 위에 얹고 있었다. 그건 서로의 몸이 엉뚱하게 부딪히지 않도록 거리를 조정하는 효과적 장치가 되어주었으나 동시에 너무 연인의 제스처 같기도 했다. 특히 흘러내린 내 토트백을 그녀가 다시 어깨로 끌어올려 주었을 때는 당황한 마음을 들키지 않으려 거의 숨소리까지 골라야 할 지경이었다.

자오퉁대역을 둘러싼 빼곡한 고층 빌딩들은 북쪽으로 두 블록 이어져 있었다. 영역을 구분 짓기라도 하듯 그 너머는 완연한 주택가였다. 빌딩숲이 끝나고 그 광활한 사거리가 펼쳐졌을 때 그녀는 우뚝 멈춰서 말했다. "저는 이제 저쪽 길로 가야 해요."

그날 재즈클럽 헤이데이의 무대에 오른 것은 피아노, 베이스, 드럼과 보컬로 구성된 쿼텟이었다. 솔로 구간 틈틈이 자기네들끼리 공유하는 웃음으로 미루어 즉흥연주의 비중이 높은 썩 실력 좋은 밴드인 듯했는데, 제대로 집중할 수는 없었다. 처음에는 몸이 안 좋아 집중력이 떨어지나 보다 생각했으나, 아무래도 그런 문제는 아니었다. 선곡이 문제였다.

그들의 음악은 과히 연말 코드에 치중한 듯했고, 그때 나는 비에 대한 음악이 필요한 사람이었던 것이다. 으슬으슬한 몸 때문에, 칵테일 몇 모금에 다시 오른 취기 때문에, 그리고 코트를 벗은 뒤에도 여전히 오른팔에 남은 여운 때문에. 모르는 사람의 손이 고작 10여 분 머물렀을 뿐이나, 꼭 그 자리에 절절한 이별의 물리적 상흔이라도 남은 듯 기시감이 떠나질 않았다.

사실 나는 그녀를 집 바로 앞까지 바래다주었다. "여기까지 왔는데, 그냥 집까지 바래다 드릴게요." 나는 무심한 척 말했고 그녀가 어떤 답을 내놓아야 할지 모르겠다는 듯 머뭇거리기에 턱을 까딱거리며 덧붙였다. "좋아하는 구두가 망가지면 안 되니까요." 그러자 그녀는 활짝 웃으며 받아들였다. 고마워요, 하며. 그 후로 무슨 이야기를 했던가는 잘 기억나지 않는다. 그녀의 집으로 가는 길을 모르는 나는 그녀가 이끄는 대로 걸어야 했고, 서로의 발이 부딪히거나 우산이 흔들리지 않도록 그녀의 움직임에 온 신경을 쏟아야 했다. 오직 마지막 장면만이 아직도 기억이 난다. 집 맞은편에서 횡단보도 신호를 기다리고 있을 때 그녀가 대뜸 이렇게 물었다. "혹시 위챗 아이디 알려 줄래요?" 나는 아마 이렇게 답했던 것 같다. "제가 위챗을 쓰질 않는데요." 사실은

정확히 기억한다. 나는 토씨 하나 틀리지 않고 그렇게 말했다. 머저리처럼. 아, 그리고 물론, 그 말을 듣고 그녀가 지었던 마지막 표정도 내 기억하지. 눈살을 찌푸리며 입매는 웃어 보이던, 재미있어하는지 멋쩍어하는지 당황한 건지 모르겠는 그 표정.

그토록 기다렸던 재즈 공연을 채 한 시간도 보지 못하고 클럽을 나섰다. 공연에 집중을 할 수가 없고 보니 나는 너무 아픈 사람이었고, 너무 취한 사람이었다. 비는 어느새 멎어 있었다. 나는 비로소 풀려난 사람처럼 이어폰을 끼고 음악을 들었다. 첫 곡은 〈올 얼론All Alone〉. 델로니어스 몽크의 빗소리처럼 영롱하면서도 외로운 피아노 솔로곡. 걸음은 다시 지하철역으로 향했고, 큰 사거리에 도달했을 때 다시 한번 마지막 대화가 떠올랐다. 그녀의 마지막 표정도. 엄밀하자면, 그게 마지막은 아니었지만 말이다.

우리는 횡단보도도 함께 건넜고, 그녀가 건물 현관으로 들어설 때까지도 나는 우산을 들고 서 있었다. 그녀는 들어가며 유리문 너머로 말했다. "땡큐." 그리고 나는 이렇게 답했다. "해브 어 굿 이브닝." 해브 어 굿 이브닝. 나는 그 말이 너무 비참해서 건널목 이후의 일들은 통째로 지우기로 했던 것이다. 그녀와 내가 그렇게 가게 점원과 손님 같은 꼴로 헤어졌다는 것을 돌이키다 보면, 대체 나는 왜 이런 어른으로 커 버렸을까 한탄스러워져서. 그런 한탄은 그 어떤 재즈로도 어떻게 하지 못할 것이었다.

현실보다 탁월한

성윤이 같은 친구가 잘되어야 대한민국이 잘된다. 신곡중학교 윤인숙(가명) 선생은 나를 이렇게 평가했다고 한다. 고등학생 때 다녔던 학원 원장의 말에 따르면 그렇다. 원장 아들의 담임이 된 윤인숙 선생은 학부모가 내 학원 선생이라는 사실을 알자마자 신나서 내 칭찬을 늘어놓았고, 아들의 진로 상담차 시간을 내 학교에 갔던 원장은 내심 짜증이 났다고 했다. 나는 그 이야기를 몇 번 곰곰이 되새긴 후 답했다. "그럴 리가 없는데요?" 그녀가 나를 칭찬했다면 그건 필시 나를 다른 누군가로 착각한 것일 터였다. 아니, 윤인숙 선생이 함박웃음을 지으며 누군가의 칭찬을 쏟아 냈다니. 학원 원장 역시 다른 누군가를 선생으로 착각한 게 아니었을까?

나는 학창시절 내내 수업 시간에 자는 학생이었다. 그때 막 생긴 케이블 채널로 새벽 늦게까지 홍콩발 음악 채널을 봤던 탓인데, 그렇게 버릇이 들고 보니 나중에는 수업 시간에 잠을 자지 않으면 도통 무엇을 해야 할지 알 수가 없었다. 포기하고 내버려 두는 선생이 있었는가 하면 끈질기게 깨우는 선생도 있었다. 중2 때 국어 선생이었던 윤인숙은 후자에 속했다. 그녀는 꾸준히 나를 혼냈고 때로 허벅지에 피멍이 들 때까지 체벌했다. 그건 나를 계도하려는 노력이라기보다 그녀 안의 형평성 문제 같았다. 당신의 수업 시간에 누구도 창가 맨 뒷자리에 앉아 단잠을 자는 특권을 누려서는 안 된다는 형평성. 무표정한 얼굴과 발성 좋고 간결한 말투 아래 일련의 메커니즘은 제법 합리적으로 느껴지기도 했다. 졸았다. 깰 때까지 맞는다. 모두와 함께 수업을 듣는다.

그녀는 어느 학생에게나 그랬다. 잘못을 일일이 지적하고 때때로 두들겨 패면서도 절대 감정을 드러내지 않았다. 늘 동일한 볼륨 파마 머리의 헤어스타일을 유지했고, 언제나 무채색 세미 정장에 뿔테 안경을 꼈으며, 꼭 기숙사 사감 같은 행동과 말투로 학생을 대했다. 지금 돌아보면 꽤특이한 캐릭터였건만 그녀에게는 그 흔한 별명 하나 없었다. 일련의 양식이 타고난 듯 자연스러워서였을까? 모든 학생이 그녀를 그냥 이름 세 자로 불렀다. 그렇게 "윤인숙이……" 하고 발음할 때는 꼭 특유의 뉘앙스가 실렸으니, 어쩌면 그 뉘앙스 자체가 별명인지도 몰랐다.

이야기를 듣던 학원 원장은 느리게 고개를 끄덕이며 대꾸했다. 윤인숙 선생은 지금도 여전히 그런 사람이라고. 아들에게서 듣기로는 말이다. 그러나 그녀가 내 칭찬을 늘어놓았다는 것, 그것 역시 틀림없는 사실이라고 했다. "한번은 네가 또 수업 시간에 꾸벅꾸벅 졸고 있었대. 그래서 너를 호명하고 '그다음부터 읽어 봐' 했는데, 놀랍게도 막힘없이 읽기 시작하더라는 거야. 자면서도 수업을 듣고 있었다면서 어찌나 칭찬을 하던지. 네가 천재라고 생각하더라."

나도 그 일이 기억난다. 윤인숙 선생의 기억처럼 나는 그때 한창 조는 중이었고, 갑자기 깨워져서는 책을 읽으라기에 그전의 낭독자가 뱉은 다음 문장부터 읽기 시작했다. 그러나 그건 별로 대단한 일이 못 되었다. 그녀의 감동은 '너무 많이 잤기 때문에 또 존다'는 그런 상태에 도달해 보지 못했기에 벌어진 오해였다. 어떤 종류의 수면에서 우리는 현실 세계의 소리를 모두 들을 수 있다. 주말 늦잠의 달콤한 꿈속에서 윗집 청소기 소리나 세탁기 돌아가는 소리를 듣는 것처럼. 그걸 천재의 사정이라 할 수는 없다.

Milan_Italy

한번은 자면서 음악 공연을 감상한 적도 있다. 이탈리아 밀라노 여행 첫날 밤, 어느 라이브클럽에서였다. 그날 나는 열두 시간여의 비행을 마치고 숙소에 도착하자마자 곧장 밤거리로 향한 참이었다. 그리고 내키는 대로 라이브클럽을 하나 골라 들어갔다. 어떤 공연인지도 모르고, 주사위를 굴려보듯이. 춤추듯 리듬이라도 탈 수 있는 공연이면 좋았으련만 무대에 오른 건 어쿠스틱 기타 한 대로 승부하는 솔로 싱어송라이터였다. 그리고 아마도, 나를 제외한 대다수가 그의 팬인 것 같았다. 그가 모습을 보이자마자 누가 시키지도 않았는데 모두들 맨바닥에 앉기 시작했으니까. 열심히 인파를 헤치고 맨 앞줄에 섰던 나는 자연히 그 흐름에 따라야 했다. 장내의 수선스러움이 잦아들자 그는 특유의 중저음으로 말했다. 영어였다. "이 클럽도 오랜만이네요. 오늘은 곧 나올 새 앨범의 노래로 시작해 보려고 합니다. 제목은……."

그의 이름은 맷 엘리엇. 영국의 싱어송라이터로 그때 그가 불렀던 노래의 제목은 〈우리가 아는 모든 것에의 고별사Farewell to All We Know〉였다. 곧 나온다던 앨범은 무려 10개월 후에나 발표되었고, 미처 곡명을 새겨듣지 않았던 나는 10개월간 틈날 때마다 'Matt Elliot new song' 따위를 검색하며 인터넷을 뒤졌다. 간단히 말하자면 곡이 좋았기 때문이다.

어떻게 기타 한 대로 저토록 세밀하게 한 세계를 그려 내는
게 가능할까, 어떻게 저토록 단순하고도 아름다운 멜로디를
지금껏 누구도 발견하지 못했던 걸까, 의아해지는 곡. 다만
좀 더 엄밀하자면 내 감정은 미혹에 가까웠다. 눈앞에서 순
식간에 비둘기로 변한 손수건을 보고 한 번만 더 보여 달라
고 조르는, 그런 마음이었다는 뜻이다.

꼭 자장가 같은 멜로디와 읊조리는 듯한 목소리 때문
인지 나는 첫 곡이 채 끝나기도 전에 곯아떨어졌다. 그러나
잠에 들었다고 하기에는 노래를 전부 듣기도 했다. 중학교
2학년 때의 그 국어 시간처럼. 맨 앞자리 중앙에서 고개를
치켜들고 잠들었기에 눈꺼풀 위에는 조명이 쏟아졌는데, 그
래서인지 잠들면서도 한 세계가 닫히는 것이 아니라 꼭 아
무것도 없는 세계에서 눈을 뜨는 것 같았다. 그리고 곡의 후
반부 기타가 템포를 높여 질주하는 구간에서 느리게 깨며,
그 찰나의 환상 속에서 나는 스치듯 숲을 보았다. 나무 꼭대
기들이 삼삼오오 모여 걸음마다 차분히 흔들리고 있었다.
가랑비가 온 직후처럼 수분을 머금고 있었고 어쩌면 여전히
안개 같은 비가 내리고 있는지도 몰랐다. 깨고 보니 나는 여
전히 고개를 들고 있었는데, 만약 무대 위에 나무들이 드리
워져 있다고 하면 내 시야에서 보이는 풍경이 꼭 그런 식일

것 같았다. 나는 그 환상 속이 영국 어딘가의 숲속일 거라 짐작했다. 맷 엘리엇, 그가 나고 자라며 자주 거닐었던 숲, 그리고 세상의 모든 것에 작별을 고해야 할 때 그가 마지막으로 찾을 숲.

생각이 거기에 이르자 가슴이 빠르게 뛰기 시작했다. 그래, 세상에는 이런 종류의 전달도 있는 거겠지. 서구문명이 폴리네시아 원주민들의 별의 항해술을 이해하지 못하고 마법으로 여겼던 것처럼, 미처 인류가 밝혀 내지 못한 종류의 소통 방식이 있을 것이었다. 내가 방금 경험한 이 높은 수준의 교감처럼. 그후로 나는 졸지 않았고, 맷 엘리엇은 네댓 곡을 더 부르고 무대에서 내려갔다. 예의 영적인 경험이 다시 벌어지지는 않았으나 아무튼 일종의 유대감이 감상에 도움을 주기는 했다.

영적인 경험. 이쯤에서 사실을 알려 드리자면, 그 사건도 실은 그리 대단한 것이 아니었다. 우스꽝스러운 일이었다면 모를까. 훗날 제주도에 대한 기사를 쓰며 자료 조사를 하다가 깨닫기로, 내가 그때 본 환영은 제주 사려니 숲길이었다. 맷 엘리엇이 사려니 숲길을 걸어 봤을 가능성은 희박하니 내게 일어났던 일도 높은 차원의 예술적 공명, 그런 것이 아닐 것이다. 노곤하게 늘어진 무의식이 아무 기억의 서

랍에서 랜덤 이미지를 꺼내서 보여 줬고, 거기에 내가 지나치게 의미를 부여한 것이었다. 나는 사려니 숲길의 사진들을 오래도록 바라보았다. 졸지에 그냥 공연장 맨 앞줄에 앉아서 졸다가 뜬구름 잡는 소리를 하는 사람이 되어서. 아니, 처음부터 그런 사람이었던가.

그래서 이 글의 주제는 우리가 정말 많은 오해들 속에서 산다는 것이다. 그러나 그렇기에, 때로 서로를 아주 적절히 오해하기 때문에 삶이 아름다울 수 있다는 것이기도 하다. 나는 결국 사려니 숲길의 사진을 새로운 폴더에 옮겨 놓았다. 'NOV2019_Leicester_UK'. 그 풍경이 영국 어딘가의 숲, 특히 레스터의 '노르만턴 밀레니엄 우드Normanton Millenium Wood' 같은 이름을 가진 숲의 것이면 꼭 좋을 것 같았다.

이후로도 내 상상 속의 노르만턴 밀레니엄 우드와 비슷한 여운을 가진 사진은 모두 그 폴더로 들어갔다. 그리고 나는 때로 그걸 열어서 혼자 구경한다. 스스로에게 농담하듯 '이건 작년에 갔을 때 본 늪이네' '지구 반대편에도 이런 꽃이 핀다니 신기하기도 하지' 하고 말도 안 되는 생각을 하는데, 그게 어찌나 오묘한 즐거움을 안기는지 모른다. 어쩌면 그 행위도 여행에 속할지 모르는 일이고.

내가 지금껏 간직하고 있는 윤인숙 선생의 이미지. 그 안에도 필시 얼마간 오해가 있을 것이다. 그러나 학원 원장님과 대화를 하는 동안 나는 줄곧 조마조마한 느낌을 받았으니, 돌이켜 보기로 그건 혹여나 윤인숙 선생이 내 생각과는 완전히 다른 사람이라는 사실을 깨닫게 될까 봐 그랬던 것 같다. 뒤늦게 그녀의 실제 면모를 알게 될까 봐. 나는 이제 그저 내가 오해하는 방식으로 그녀를 기억하고 싶다. 그리고 나에 대한 윤인숙 선생의 근사한 오해도 가능한 그대로 두었으면 싶다. 혹여나 이 글을 읽는 사람 중에 그녀를 아는 이가 있다면 부디 함구해 주십사 부탁드린다. 당신이 자발적으로 진실을 혼동해 준다면 더할 나위 없이 감사하겠고 말이다. 2002년에 부산 해운대 신곡중학교를 졸업한 학생 오성윤은 천재라고. 자면서도 지식을 습득하는, 세상에나, 야단스러운 무협소설에나 나올 법한 그런 천재 말이다.

꿈

바올리 아래서

이것은 내 꿈의 한 장면이다. 어느 밤 꿈속에서 이런 장면을 맞닥뜨렸고, 다행히 손목에 매달려 있던 카메라로 한순간을 포착한 것이다. 장소는 인도 시골 어딘가의 바올리(고대 인도의 계단식 우물)였을 것이다. 어디인지는 몰라도 크기나 벌어진 형태나 우물은 꼭 〈피노키오〉 속의 모든 것을 집어삼키는 고래 같았다. 소리가 없는 꿈이었기에 정확히 알 수는 없었으나, 그 크기나 공허감을 가늠하려 관광객들이 남기고 간 고함이 끝없이 울려 퍼지고 있었을 것이다.

내가 그 안 깊숙이 내려와 있다는 걸 깨달은 것은 문득 걸음을 멈췄을 때였다. 한 걸음 앞도 칠흑같이 어두워 더 이상은 나아갈 수가 없었을 때. 손전등이 있었으면 좋았으련만, 그러나 손전등이 있었다고 해도 그 무자비한 어둠을 헤칠 수 있었을까?

그때, 등 뒤에서 새로운 한 세계가 시작되는 느낌이 들었다. 돌아보니 우거진 보리수나무 아래서 아이들이 춤을 추고 있었다. 짝을 이뤄 빙글빙글 돌다가 누군가의 부름에 답하듯 몸을 양쪽 위로 쭉 빼는, 역사와 제의가 뒤섞인 듯한 춤이었다. 나는 어둠의 한 발짝 앞에서 그 광경을 한참 구경했다. 그러다 한 아이와 눈이 마주쳤는데, 아이는 곧 움직임을 멈췄다. 나는 변주 구간인가 하여 한참을 보고 있다가, 다른 아이들도 하나씩 멈추는 것을 보고야 그들이 나를(혹은 내 뒤의 세계를) 의식해 멈췄다는 것을 알았다. 어쩔 줄을 몰랐던 나는 발치의 빵을 주워 부스러기를 뜯어 던져 주었다. 아이들은 비둘기로 변해 순식간에 사방으로 흩어졌다.

그래서 잠에서 깼을 때 방 안에는 나 혼자뿐이었다.

Delhi_India

기상

나는 낯선 방에서 깨어나기 위해 여행을 한다. 이국의 호텔 방에서 깨어난 아침에, 창문가에 기대어 서서 문득문득 그런 생각을 한다. 물론 여행을 떠나기 전에는 늘 착각한다. 해외에서 맛있는 걸 먹고 재미있는 경험을 하기 위해 여행을 하는 거라고. 새로운 장소의 영감으로 수첩을 채우고 좋은 광경 몇 개를 사진으로 남기기 위해 떠난다고 말이다. 일리가 있는 생각이지만 낯선 곳에서 깨어나는 감각, 그에 비하자면 나머지야 아무래도 좋을 것들이다. 여독과 숙취가 더해진 비몽사몽 속에서는 비로소 인간의 타고난 한계를 넘는 경험을 할 수 있다. 내 삶이 아닌 다른 삶에서 눈을 뜨는 경험. 홍콩 같은 인구과밀 도시의 고층 아파트에서 깨어날 때, 상트

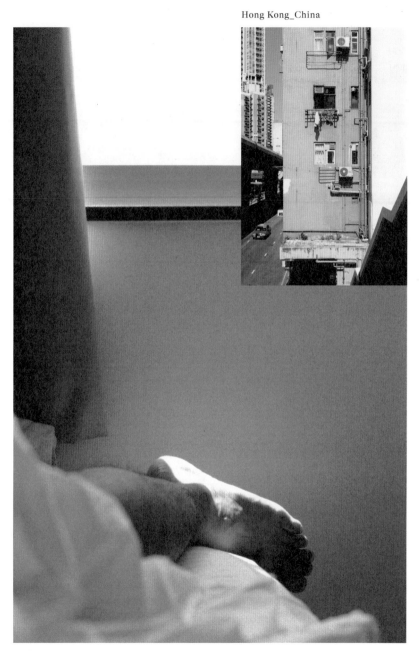

Hong Kong_China

Osaka_Japan

Bagan_Myanmar

페테르부르크처럼 귀족 문화가 발달한 도시의 저택 응접실 같은 방에서 깨어날 때, 몽골 우르항가이 같은 끝없는 초원의 텐트 안에서 깨어날 때, 우리는 우리가 알던 스스로가 아니다.

물론 아무리 강한 술기운도 이 호텔 방과 저 창밖의 풍경이 내 것이라고 믿게 만들지는 못한다. 다만 그것들이 내 것이 아니라는 사실, 그 사실이 짧은 순간이나마 평소처럼 강한 힘을 발휘하지 못하는 것이다. 머릿속의 코드들이 제자리를 찾아 다시 연결되기 전까지, 머리가 아닌 감각의 영역에 인지능력을 맡겨 놓은 동안, 삶을 구성하는 정보들보다 내 몸을 둘러싼 이 공간과 내 눈에 보이는 저 풍경이 오직 내 것이다. 그리고 아이러니하게도, 그 환상에 결국 끝이 있다는 사실 역시 때로 묘미가 된다. 막 구축되기 시작한 논리와 기억의 코드들이 망상에 엉겨 붙어 더 깊고 개인적인 환생을 구현해 내기도 하니까.

언젠가는 기차 안에서 깼다. 만들어진 지 족히 50년은 더 되었을 것 같은, 벽면의 패널을 내려 고정하면 그게 곧 2층 침대가 되는 낡은 기차. 나를 제외한 모두들 곤히 잠들어 있었는데, 그건 좀 이상한 일이었다. 기차는 이따금 가슴이 울렁거릴 정도로 덜컹거렸고 커튼이라 부르기도 민망할 정도의 얇은 천조각 너머에서는 세상이 야단스럽게 시작되고 있었기 때문이다. 나는 손을 뻗어 머리 위 커튼을 슬쩍 들춰 보았다. 듬성듬성 민가가 보이는 끝없는 목초지가 있었고 그 너머에서 동이 트고 있었다. 한밤에 콜카타를 출발하여 다음 날 오후 2시쯤 바라나시에 도착하는 기차였으니 아마 데오가르 인근을 지나고 있었을 터. 그러나 그때 그런 사실은 아무 의미를 지니지 못했다. 그 풍경은 오히려 한국에 두고 온 것들을 그리워하게 만드는 종류의 것이었다. 순간 스스로가 마치 전장에서 전장으로 이동하는 군인처럼 느껴졌던 것이다. 오래된 무기들, 아마도 발치에 있을 81밀리미터 박격포를 챙겨 들고 남의 물자나 권리를 빼앗기 위해 이국에 온 군인. 그 와중에도 뻔뻔하게 이국 땅의 아름다움에 압도된 척후 부대 병사.

거기까지 생각이 닿자 나는 참담해져서 눈을 감았다. 그리고 두고 온 사람들의 얼굴을 떠올렸다. 떠나오기 전에 그들이 마지막으로 했던 말들도. 물론 모두 즉석에서 만들어 내는 환상이었으나, 그 거칠 것 없이 빠르게 생성되는 속도와 생생함이란 꼭 기억 같았다. 친구들, 형, 어머니, 아버지……. 나는 아버지의 마음까지도 손에 닿을 만큼 선명하

224

Jharkhand_India

다는 데에 놀랐다. 거의 내 감정인 것처럼 시렸으니까. 나는, 아버지는, 뉴스를 보며 아들 걱정을 했다. 그런데 술을 마시다 보니 어느새 배경이 델리로 바뀌어 있었다. 나는 아버지답게 그 도시의 비위생적 면모를 못 견뎌 했다. 그래도 음식이 제법 입에 맞았다. 특히 탈리가 김치와 잘 어울렸다. 서울식 김치보다는 새우젓과 멸치젓을 섞어 쓰는 경상도식 김치와 잘 어울렸는데, 아니 그런데 델리에서 젓갈을 구할 수가 있나? 아버지가 서울식 김치를 맛본 적은 있으려나? 더 큰 문제는 아무리 먹어도 허기가 가시지 않는다는 것이었다. 그렇게 생각을 하자마자 친절하게도 누군가 등장해 열차 내에서 곧 요깃거리를 팔 것이라고 했고, 나는 판매원이 언제 오느냐고 되물었는데, 결국 그건 알 수 없었다. 내 가방에 미니 파운드 케이크가 있으니 그걸로 달래야겠다, 싶었지만 돌이켜 보니 사실 그건 어젯밤에 먹었고, 그리고.

그리고 다시 정신을 차렸을 때는 소대원 모두가 깨어 있었다. 마치 누가 시키기라도 한 듯 다 함께 이불을 개고 있었는데, 둘씩 조를 이뤄 양끝을 마주 잡고 이불을 개키는 풍경이 정말로 군부대 같았다.

아무것도 하질 않네

바라나시행 기차 안에서 어린아이의 비명을 듣는다. 몸을 젖혀 연결통로를 보니 눈물범벅이 된 꼬마 하나가 절박하게 뭔가를 애원하고 있다. 그는 꺽꺽거리면서도 끝없이 말을 늘어놓지만 승무원은 듣는 체 마는 체 꼬마의 목덜미를 잡아 끈다. 사람을 밀어내는 손이 저렇게 한 치의 주저도 품지 않을 수가 있다니. 그는 꼬마를 지도 위에서 가늠하기도 힘든 인도 동부 시골 기차역에 내팽개치고 큰소리로 꾸중한다. 아니, 엄포일까. 곧 기차가 다시 출발하고 꼬마의 애원이 자지러지는 비명이 되는 것을 듣는다.

　　동티베트 라룽가르五明佛学院의 언덕에서 한자로 쓰인 문구 하나를 발견한다. 同心共筑中国梦. 한마음 한뜻으로

228

하나의 중국이라는 꿈을 이루자. 마을에서 가장 높은 산에 새겨져 있던 것이다. 마을 어디에서나 보일 만큼 커다랗게. 라룽가르는 티베트 불교의 본산이라 할 만한 마을이고, 오늘도 해가 뜨기 무섭게 붉은 승복 차림의 승려들이 산을 오르고 있다. 나는 행렬 속에 멈춰 서서 오래도록 그 문구를 바라본다. 그것은 너무 거대한 아이러니 같기에.

바간의 유서 깊은 파고다 위에서 열댓 명의 여인이 뒤엉켜 싸우는 광경을 내려다본다. 관광객들에게 일출 일몰 명소로 이름이 나자 사원 앞에는 아침저녁으로 뭔가를 팔려는 주민들이 모이게 되었고, 그러나 오늘은 마찰이 있었던 것이다. 이유는 몰라도. 거친 몸싸움에 사람이 내팽개쳐지고 가판이 부서지고, 파고다 위에서 일몰을 기다리던 이들은 모두 그 광경만 지켜본다. 그리고 뒤편 어딘가에서 찰칵, 카메라 셔터 소리가 난다.

그것들은 분명 각각의 여행을 구성하는 각각의 앨범에 꽂힌 순간들이었다. 그것들이 언제부터, 대체 왜 일상의 영역에 불쑥불쑥 찾아오게 되었는지는 모른다. 그 오랜 일이 왜 이다지 상처가 되는지도. 길을 걸을 때, 신발끈을 묶을 때, 머리를 감을 때, 언젠가부터 이미 잊힌 줄 알았던 그 장면들이 떠올랐다. 장면들은 골목길 사각에서 다가온 비수처럼 날카롭게 나를 찔렀다. 그러면 대체 익숙해지지가 않는 충격에 가슴이 뛰었고, 참을 수 없이 슬프기도 했다. 슬픔. 아니, 그건 스스로의 존재에 대한 수치심이라고 해야 할까?

나는 곧 여행을 좋아하는 다른 친구에게 그 문제를 토로하게 되었다. 우리는 본디 우리가 가진 야만에는 익숙한 법이지만 더 넓은 세상으로 갔다가 본 세상의 끔찍한 이면들, 그것은 어떻게 견디지? 그는 이렇게 답했다. "샴푸 냄새 문제 아냐? 샴푸를 좀 바꿔 봐."

과연 그의 말이 맞았다. 나는 집에 가는 길에 플로럴 계열 향의 샴푸를 샀고 곧 사정을 잘 알지 못하는 지구 반대편 누군가의 비극 같은 건 더 이상 떠올리지 않게 되었다. 좀 더 찰랑거리는 머릿결도 갖게 되었고 말이다.

Unknown

그 섬에서는 무엇이 보이나요

회사 후배가 물었다. "쓰시마에서 정말로 부산이 보입니까?" 부산에 대한 이야기를 나누던 와중에, 일전에 내가 쓰시마에 다녀온 적이 있다고 했던 게 번뜩 기억이 난 듯했다. 꽤나 뜬금없는 질문이었지만 나는 얼른 답을 붙였다. 쓰시마는 내가 아주 좋아하는 이야깃거리기에. "그게요, 섬 중앙에 에보시다케 전망대烏帽子岳 展望台라는 곳이 있거든요. 거기가 사방이 막힘없이 훤히 보이는 전망대인데……." 그런 전망대인데, 그런데, 어라? 입을 열어 놓고 나는 덜컥 당황스러웠다. 사실관계가 전혀 기억이 나질 않았다. 거기서 부산이 보였던가? 나도 분명 그런 얘기를 들었던 것 같은데, 그랬다면 확인하지 않았을 리가 없는데? 새해 첫날 아침 전망대에 올라 일출까지 봤는데? 그런데 왜 아무것도 기억이 나지 않을까 말이다. 나는 눈을 휘둥그레 뜨고 말했다. "잘 모르겠네요?" 후배는 답의 내용보다 내가 너무 당황한 듯 보여서 더 당황한 것 같았다.

쓰시마가 부산과 굉장히 가깝기는 하다. 배로 한 시간이면 닿을 거리니까. 굳이 그곳에 갈 생각을 한 것도 그런 이유였다. 내 친구 찬희는 비행기를 타지 못하는데, 젊을 적에 불의의 사고를 당한 후로(물론 비행기 사고는 아니다) 공황 장애가 생긴 탓이다. 그런데 그 친구 생각에 배는 또 괜찮을 것 같다고 했다(사실 지금도 어째서 그런지 이해할 수는 없다). 그래서 함께 부산까지 간 다음에 배를 타고 쓰시마섬에 다녀오기로 한 것이다. 한 해의 마지막 날에. 한겨울인 탓에 배는 심하게 요동치며 나아갔고, 나는 찬희가 걱정돼서 계속 옆을 돌아봤다. 그는 승선하자마자 귀밑에 멀미약을 붙이고 수면제를 먹은 후 계속 눈을 감고 있었다. 잠든 것인지 어떤지는 알 수 없었다.

쓰시마는 작다면 작고 크다면 큰 섬이다. 웬 하나 마나 한 표현이냐고 묻겠지만 실제로 다녀온 누구나 그렇게 느낄 법하다. 면적은 제주도의 절반도 되지 않는데, 렌트카 없이는 아무것도 할 수가 없다. 아래 위로 길쭉한 고구마처럼 생겨서 끝에서 끝까지 이동하려면 꽤 오래 운전해야 한다. 더구나 90퍼센트가 산악지대인 섬이라 도로가 좁고 구불구불하다. 나는 장롱면허에 운전을 겁내는 사람인데, 다행히 찬희가 운전은 또 어려움 없이 곧잘 했다(어째서 그런지 이해할 수는……). 대신 나는 계획성이 좋으며 일본어를 약간 할 줄 알았고. 그래서 우리는 하선하자마자 예약해 둔 렌트카를 인도받고, 팩스까지 동원해 예약한 캠핑장을 향해 일사천리로 나아갔다.

캠핑장으로 향하던 도로의 풍경까지도 선명히 기억이 난다. 친구는 어땠는지 모르겠지만 나는 그 해안도로 드라이브가 아주 좋았다. 창밖으로 바다를 보다가 나도 모르게 다소 감상적인 말이 나왔을 정도였다. "우리 그거 같지 않냐." 찬희는 누군가 그렇게 운을 떼면 대꾸를 잘해 주는 친구인데, 이상하게 그때는 아무 대꾸도 하지 않았다. 무슨 말을 할지 알았던 것일까? 아무튼 나는 마치 대꾸를 들은 사람처럼 말을 이었다. "그 왜 장님이랑 앉은뱅이가 업고 업혀서 같이 강 건너는 얘기 있잖아." 아마 내가 왼쪽에 앉았기 때문이었을 것이다. 한국이었다면 운전석이었을 자리에 앉아 내비게이션 역할을 하고 있었기 때문에. 찬희는 그때도 대꾸하지 않던 것 같다. 나중에, 내가 휴대폰 카메라로 창

밖 풍경을 동영상으로 찍고 있을 때에야 "야, 앉은뱅이야, 제발 내비게이션 좀 제대로 봐라" 하고 거친 욕설을 했다는 것만 기억이 나고. 그런데 정말 영상을 찍지 않고는 배길 수가 없는 풍경이었다. 행로에는 해안도로와 산길이 번갈아 이어졌고, 쓰시마의 숲은 한겨울에도 도로 위까지 초록 잎들을 드리웠으며, 코모레비(나뭇잎들 사이로 스며드는 햇볕)가 별빛처럼 황홀하게 차 위를 훑고 있었다.

어느 지점에서 고속도로 휴게소처럼 마트가 하나 나타났다. 우리는 거기서 고로케 하나씩을 사 먹었다. 그때 너무 웃긴 농담이 나와서 주차장에서 거의 눈물을 흘렸던 게 기억이 나는데, 농담 자체는 전혀 기억나지 않는다. 누가 한 얘기였는지, 어떤 얘기였는지. 아마 전망대에서의 기억도 비슷한 맥락이었지 않을까? 우리가 주차장에서 웃고 떠들기 위해서 쓰시마까지 간 건 아닌데. 어쨌든 뭐가 중요한지 아닌지는 우리가 결정할 수 없고, 결국 눈물 나게 웃었다는 것만 떠오르게 된 것이다. 마트 앞에는 산간도로의 야생동물 출몰을 조심하라는 커다란 표지판이 걸려 있었다. 우리는 동물 일러스트가 귀여우니 조심하자고 다짐했다.

다짐했지만, 그러나. 언젠가 쓰시마를 여행할지도 모를 분들께 꼭 이 부분을 당부하고 싶다. 까마귀를 조심하시

238

라. 캠핑장에 도착한 우리는 얼른 짐부터 옮겨 놓았는데, 왔다 갔다 두 번을 하고 보니 까마귀들이 모여 물건을 헤집고 있었다. 미친 듯이 달려가 몰아냈지만 이미 우리 짐은 엉망이 된 후였다. 그중에는 내 토트백도 있었다. 그런데 까마귀들이 정말 영물은 영물이라 감탄했던 것이, 가방 안에서도 먹을 수 있는 것만을 골라 쪼아 놓은 채였다. 그때 내 가방 안에 먹을 수 있는 것은 여행 이틀 전에 급하게 처방받은 감기약뿐이었다. 그래서 아직도 나는 그 까마귀의 안위가 걱정스럽다. '신화의 마을'은 북쪽으로 바다가 시원하게 펼쳐진 캠핑장. 혹시 도망쳐 날아가다가 항히스타민 성분 때문에 중간에 힘이 빠지지는 않았을까 하고 말이다.

까마귀의 처지는 확인할 길이 없었으나 그날 우리는 확실히 곤궁에 처했다. 다시 차에 짐을 몽땅 싣고 마트에 갔는데, 장을 보고 나오니 글쎄 차에 시동이 걸리지 않는 것이다. 그리고 새해 전야는 곤궁에 처하기 그리 좋은 날이 아니다. 렌트카 업체에 연락해 서툰 일본어로 사정을 설명했지만 상대 쪽에서는 '지금 처리하기는 어렵다'는 말만 반복할 뿐이었다.

결국 우리는 쇼핑몰 지하 주차장에서 밤을 지새우고 새해를 맞이할…… 뻔했다. 저 옆에 주차된 차량의 주인이 마치 자기 일인 양 발벗고 도와주지 않았다면. 우리 차의 배터리가 방전됐다는 것을 파악한 그는 자기 차의 배터리와 연결해 살리려고 노력해 주었고, 본인 차가 경차라 살리기 힘들다는 것을 절감한 후에는 주차장 경비의 도움까지 받아 주었다. 그리고 그 어느 순간 차에 시동이 걸렸다. 우리는 가라오케 기계를 구비한 바에 들러 노래 몇 곡 부르려 했던 계획을 접어 둔 채 곧장 캠핑장 방향으로 내달렸다. 그리고 다행히 안온한 밤을 보냈다……는 건 내 생각이다. 찬희에게는 또 위기가 있었다. 마트에서 숯을 적게 사는 바람에 캠핑장 옆 숲속을 뛰어다니며 미친 사람처럼 나뭇가지를 주워야 했던 것이다. 나는 그 모습이 너무 웃겨서 영상을 찍고 있었고. 뭐 하냐고, 저 불 꺼지면 우리 얼어 죽는 거라고, 고래고래 소리 지르던 그의 목소리가 여전히 생생하다.

캠핑장에는 우리밖에 없었다. 인적이 드물었다는 게 아니라 말 그대로 손님이 딱 우리뿐이었다는 뜻이다. 관리실 문에 굳게 걸린 자물쇠로 보아 직원도 집으로 돌아간 것 같았다. 무라카미 하루키 소설 중에 그렇게 시작하는 단편이 있었던 것 같은데. 어느 부부가 따뜻한 나라의 조용한 해안가에 누워 새해를 맞이했다는 문장으로. 산길 깊숙이, 협곡 형태를 띤 캠핑장에 들어와 단둘이 술을 마시고 있을 때 우리 역시 시간의 틀에서 도망쳐 나왔다는 느낌을 받았던 것 같다. 대화의 내용을 따져 보자면 별달리 그런 낭만적인 무드는 아니었지만 말이다. 우리가 했던 건 2인 만담 동아리의 합숙훈련 같은 것에 가까웠다. 몇몇 순간에는 진지한 얘기가 나오기도 했다. 찬희가 얼마 전 여자친구와 있었던 일화를 이야기했을 때 내가 짐짓 멍청이 같은 말투로 "너~? 설마 은지 씨 사랑하는 거 아니냐?" 하고 너스레를 떨었는데, 그때 찬희는 딱 잘라 답했다. "그럼, 사랑하지." 그리고 바로 덧붙여 이렇게도 말했다. "나는 너도 사랑해." 나는 그냥 술을 마셨다. 또 멍청이 같은 말투로 받아야 할지 어떻게 해야 할지 알 수가 없어서. 만약 입을 좀 다물게 하려고 꺼낸 대꾸였다면 꽤나 효과적인 전략이었다.

아무리 담백하게 쓰려고 해도 찬희의 워딩 자체가 과히 끈적해서 영화 〈브로크백 마운틴〉 같은 전개를 상상하는 분이 계실지도 모르겠는데, 그런 일은 없었다는 것을 (특히 은지 씨에게) 주지드리고 싶다. 그냥 우리는 기절하듯 잠에 들었다가 새벽 일찍 깨어 새해 첫 일출을 보러 갔다. 일출이 어땠는가에 대해서는 별로 할 말이 없다. 어쩌면 내가 일출에 관심이 없는 사람이어서 그런지도 모른다. 나는 지금껏 일출에서 딱히 큰 감명을 받은 적이 없고 그건 쓰시마에

241

서도 마찬가지였다. 다만 그날 새롭게 알게 된 사실이 있다. 내가 일출 구경이라는 여정 자체는 아주 좋아한다는 사실이다. 깜깜한 새벽, 모르는 길을 달려 차를 아무렇게나 세워 두고 비몽사몽 중에 한쪽 하늘만 쳐다보는 일. 곧 해가 뜨고, 타이밍에 집중하며 열심히 사진을 찍다 돌아보면 어느새 세상이 완전히 딴판으로 달라져 있는 일. 분명 아무것도 없는 곳이었는데, 이제는 모든 것에 색깔이 넘쳐난다. 공기의 냄새부터 달라져 있으니 꼭 마술 같다고 여길 수밖에.

일출 구경에서 내가 가장 좋아하는 부분은 그 후다. 싸구려 아침 식사. 일출 구경은 에너지가 많이 드는 일이기에 "그만 갈까?" 말하자마자 곧 배가 고파진다. 그러나 식당이 문을 열기에는 아직 너무 이른 시간이고, 결국 근방의 주유소 매점이나 전망대 옆 푸드트럭 같은 곳에서 커피와 핫도그 같은 걸 사 먹게 되는 것이다. 휘발유와 커피 냄새가 은은하게 섞인 새벽 공기를 맡으며 질겅질겅한 빵과 뜨끈한 소시지를 씹는 기억. 그 나른함. "우리 이제 뭐 할까?" 이런 질문이 안기는 느슨한 설렘. 그런 것들은 아무래도 쉽게 잊을 수가 없다.

우리는 해안도로를 달리고, 전설처럼 오래된 신사에서 돌이끼와 나무 곰팡이를 구경하고, 문이 열린 초등학교 앞에

차를 세워 운동장을 기웃거리고, 온천에도 가고, 그렇게 시간을 보냈다. 그리고 해가 기울 즈음 부산으로 돌아왔다. 돌아오는 배 안에서는 찬희가 잘 잠들었던가? 내가 너무 푹 잠들었었기 때문에 그에 대해서도 알지 못한다.

뜬금없는 질문을 한 후배처럼, 나도 찬희에게 연락해 뜬금없이 물었다. 쓰시마에서 부산이 보였던가 하고. "글쎄. 어쨌거나 지금은 안 보이지 않을까? 미세먼지며, 기후변화며⋯⋯." 나는 채근했다. 아니, 그래서 우리가 갔을 때 부산이 보였느냐고 안 보였느냐고. 찬희는 이렇게 답했다. "본 걸로 해." 본 걸로 해. 그래서 우리는 쓰시마에서 부산을 본 걸로 하기로 했다. 그때 그 여행이 열린 채 우리에게서 아직도 끝나지 않았다니, 오직 그것이 신기할 따름이었다.

친구

젊은 날의 우리가 여전히 카오산 로드에 남아

어느 밤에는 방과 주방 사이에 서서, 문득 오랜 벗을 그리워했다. 멀리 이민을 가거나 결혼을 하거나 죽지 않은, 여전히 간간이 만나서 놀곤 하는 친구를. 마치 더 이상 만날 수가 없는 친구처럼. 그럴 수도 있는 법이다. 그리움이란 기본적으로 내가 너를 보고 싶어 하는 마음이 아니라 내가 예전의 우리를 생각하는 마음이라고, 누군가 내게 알려 주었었다. 그 친구와 나의 관계에 대해 나는 어디에서나 자신 있게 '여전하다'고 말할 것이나, 함께 방콕 거리를 헤맸던 젊은 날의 친구와 나는 분명 지금의 우리가 아니다. 주방 센서등이 꺼져 시야에서 모든 것이 사라지는 찰나 내 머릿속에 떠오른 건 그 친구의 사진 한 장이었다. 우연히 서로가 방콕을 여행

246

중이라는 것을 알게 된 우리는 즉흥적으로 한낮의 카오산 로드에서 합류했었다. 친구는 아빠에게 보내야 한다며 휴대폰으로 자신을 촬영해 달라고 했고, 빨대로 칵테일을 마시는 척하면서도 카메라를 보지 않고 자꾸 딴청을 피우는 그녀가 나는 웃기고 귀여웠다.

우리는 여전히 이따금 만나 술을 마신다. 친구는 그 후 세 번의 이직을 했고, 최근에 만났을 때는 아버지의 건강이 좋지 않다고 했다. "아빠가 다시 아기가 된 것 같아요." 친구는 신비로운 일이라는 듯이 웃으며 말했다. 그러게. 시간이 그런 식으로 흐를 수 있다는 건 미처 알지 못했는데. 나는 그 밤 내내 함께 웃어야 할지 속상한 마음을 드러내야 할지 결정하지 못했고, 그래서, 그래서 그녀가 건강했던 시절의 아버지에게 보낸다고 했던 사진 한 장을 오늘에야 떠올리게 된 것일까? 기억이란 늘 그렇게 이상한 검색엔진으로 작동을 하고. 그래서 기억이란 얼마나 슬프고 아름다운지 몰라. 그렇지. 나는 마치 누군가에게 말이라도 걸듯이 생각했다. 냉장고 문을 열고도 한참을 내가 무엇 때문에 주방으로 왔는지 생각해 내지 못했다.

Bangkok_Thailand

Dubai_UAE

두바이라는 농담

여행길에서 나는 기본적으로 '찍는 사람'이다. '걷는 사람', '쓰는 사람', 또 때때로 '배우는 사람'이기도 하겠으나, 가치 판단의 순간을 맞닥뜨릴 때, 나는 높은 확률로 '찍는 사람'이다. 예를 들어 나는 두바이를 좋아한다. 두바이를 좋아하는 사람은 높은 확률로 찍는 사람이다. 혹은 호화 관광 상품으로 머릿속을 헹궈 낼 수 있다면 여행에서 별달리 더 바랄 게 없는 사람이거나. 적어도 걷는 사람이거나 쓰는 사람이거나 배우는 사람일 확률은 지극히 낮다고 하겠다.

두바이는 사막 위에 막연한 환상처럼 솟아난 도시다. 야자수 모양의 섬과 세계지도 모양의 섬, 인간이 상상해 낼 수 있는 모든 모양의 빌딩, 람보르기니 경찰차, 루프톱 풀장

251

에서 페르시아만을 바라보는 사람들로 이루어진 도시. 신기루 같으면서도 모든 것이 망설임 없이 명백하다. 다른 곳에서 온 자들을 흔들어 놓는 건 빌딩의 어느 차가운 벽면을 짚을 때 그 확신에서 오는 생경함이다. 인간이 사는 도시가 이렇게나 효율성에 관심이 없어도 되는가? 이렇게나 인간에 관심이 없어도? 중동 왕족들이 오일 머니로 구축한 '미래 도시'의 표본으로서 두바이는 무수한 멸시와 질타를 받아 왔다. "두바이는 그 자체로 21세기에 대한 농담이다Dubai is a complete joke of the 21st century." 언젠가 이런 표현을 읽은 적도 있는데, 나는 그 말에 전적으로 동의한다. 물론 두바이는 언제나처럼 눈곱만큼도 신경 쓰지 않겠지만 말이다.

중요한 건 당신이 농담을 좋아하는 사람인가 아닌가 하는 것이다. 그것도 이렇듯 이상하고도 부적절한 농담을. 그렇다고 할 사람도, 아니라고 할 사람도 있겠지. 다만 솔직히 말해서, 답변이 부정적인 축이라고 해도 나는 그다지 믿지 않을 것이다. 나도 내가 이 도시를 좋아할 것이라고는 생각지 않았기 때문이다. 그곳에 다녀와서야, 더 정확히는 그곳에서 찍어 온 사진들을 들여다보고서야 내가 두바이를 좋아한다는 걸 알았다. 아, 이 이상한 농담들. 그리고 그 농담 속에 사는 사람들. 만약 당신이 귀한 휴가를 두바이 같은 곳

253

에서 쓸 계획이라고 한다면 나는 안타까워할 것이다. 그러나 당신이 평생 두바이에 갈 생각이 없다고 해도 안타까워할 것이다. 두바이 같은 곳은 정말 두바이밖에 없기 때문이다.

아스타나라는 신탁

내가 어떤 기준으로 여행지를 선정하는지 궁금해하는 사람이 있었다. 나는 질문 자체가 선뜻 이해되지 않는다는 투로 떨떠름하게 답했다. "네? 그야…… 평범하게 여행의 신에게 점지를 받는데요?" 요컨대 삶이 너무 힘들 때면 꿈속에서 신령스러운 동굴 속을 걷게 되고, 그 깊고 오목한 어느 지점에서 홀연히 모건 프리먼 닮은 남자가 나타나 행선지를 알려 준다는 이야기였다. 너는 오는 8월에 어느 나라 어느 도시에 가야 한다고. 답변은 왠지 입에서 나오는 도중에 헛소리로 변해 버렸는데, 놀라웠던 것이, 말해 놓고 보니 꽤나 진실이었다.

　　나는 여행의 신에게 신탁을 받는다. 그가 어떻게 생겼

Astana_Kazakhstan

는지는 알지 못한다. 그는 동굴 속에 살지도 않고, 꿈이라는 매체로 나와 연결되지도 않으며, 다만 순간의 확신이라는 형태로 존재한다. 어느 잡지에서 발견한 한 장의 사진, 미용사에게서 들은 경험담, 놀랍도록 저렴한 항공권……. 쏟아지는 무수한 정보 중 하나라고 할 수도 있을 것들이지만 어떤 것은 벼락처럼 강렬한 확신으로 다가온다. 듣는 순간 그곳은 바로 내가 가야 할 곳이다. 신탁보다 조금 더 이성적인 표현으로 말하자면 그 당시의 나, 그 당시에 내가 영위하고 있는 삶과 조응하는 구석이 있는 정보라고 해야 할까. 그러면 나는 미지의 땅으로 향한다. 계시를 받은 목자라도 되듯 꿋꿋이, 그 여행에 반대하는 모든 조건을 하나씩 물리쳐 가면서.

예를 들어, 모스크바에 가게 된 건 우연히 한 장의 사진을 보았기 때문이다. 도무지 시대를 가늠할 수가 없는 아름다운 지하철 플랫폼 사진이었다. 옛 소비에트 양식의 웅장한 플랫폼에 80년대 미국에서나 입고 다녔을 법한 패턴 원피스를 입은 여인이 서 있었고, 사진의 해상도는 시릴 만큼 선명했다. 그리고 카자흐스탄 아스타나에 가게 된 건 그런 모스크바에 가고 싶었기 때문이다. 항공권 예약 앱에서 알려 주기로 아스타나를 경유하는 무척 저렴한 모스크바

항공권이 있었던 것이다. 휴가 기간은 짧고 경유 대기 시간은 거의 하루였으니 사실 지나쳐야 옳은 정보였는데, 처음 보는 그 도시의 어감이 묘하게 입에 계속 감돌았다. 아스타나, 아스타나. 그곳 사람들도 과연 자신의 도시를 이렇게 자동차 모델명처럼 발음할까? 더 흥미로운 건 이 부유한 도시의 항공사가 제공하는 특혜였다. 검색을 하다 보니, 글쎄 에어 아스타나가 자신의 도시에서 스톱오버를 하는 승객에게 시내 고급 호텔 숙박을 단돈 1달러에 제공한다는 것이 아닌가. 그러니 아스타나의 신탁이란, 에어 아스타나 지상직 직원 잔나 메이렘바예바의 이메일이라는 형식으로 왔다고 해야 정확할 것이다. "네. 맞습니다. 1달러 추가금을 내면 그 티켓으로 시내 호텔 예약이 가능합니다. 자세한 내용은 아래 링크에서 확인하세요."

슬슬 이 글의 기조가 얼마나 농담인지, 동시에 얼마나 진심인지 정리를 할 필요가 있겠다. 당신은 나의 결정 방식을 '신탁' 대신 이런 표현으로 이해해도 된다. '원칙 없이 지나치게 직감에 의존해 결정하는 경향이 있다.' 맞다. 확실히 그게 좀 더 객관적인 표현이다. 이 원고가 객관의 영역에서 쓰이지 않았을 뿐. 만약 이 글이 내 여행이 신성하다는 주장으로 읽힌다면 그건 100프로 농담이다. 죄송하다. 내가 마

음 깊은 곳에서 여행지와의 만남을 다소 운명처럼 받아들인다는 고백으로 읽힌다면 그건 진심이다. 남들의 눈에는 소개팅으로 만나 결혼한 사이일 뿐이라도 당사자들은 강렬한 운명의 힘이 작용했다고 믿는 커플처럼, 나는 지난 모든 여행에 지나치게 의미를 부여하고야 마는 사람인 것이다.

아스타나도 마찬가지다. 고작 열여섯 시간 머물렀을 뿐인 이 작은 도시가 나는 무척이나 그립다. 이를테면 다가구 주택가 중앙의 공터 같은 장소가. 가운데 놀이터에서는 아이들이 참새처럼 뛰놀고 있고, 저쪽 한편에서는 인부 복장의 사내들이 담소를 나누고 있고, 그러다 어느새 돌아보면 그들이 그 자리에 드러누워 허공에 대고 이야기를 나누고 있고, 이쪽에 앉은 노파는 유아차 안의 아기와 놀아 주고 있고, 말아 쥔 전단지로 망원경 흉내를 내는 할머니의 장난에 아기의 뒷모습이 신기하리만치 꺄르륵 좋아하고, 저쪽 건물 입구에서는 방금 샤워를 마쳤는지 슬립 차림에 머리를 수건으로 싸맨 여인이 이웃에게 뭔가를 말하고 있고, 어떤 내용이었는지 대화가 끝나고 집으로 돌아갈 때는 연신 손키스를 날리기도 하고, 와인바를 찾아 헤매다 지친 나는 여기 벤치에 앉아 숨을 돌리고 있고……. 그리고 건물과 건물 사이 저먼 곳으로부터 아스라하게 해 질 녘의 기운이 시작되고 있었던 것도 같다. 정확히 따지자면 7월의 아스타나는 저녁 7시에도 마냥 쨍쨍했을 테니 기억의 오류일 터. 오류는 아마 그 동네를 생각할 때마다 내가 느끼는 어떤 종류의 아련함에서 비롯되었을 것이다. 어릴 적 살았던 동네를 떠올릴 때 그곳에선 늘 해가 지고 있듯이.

이 부분을 짚고 넘어가야겠다. 나는 지금껏 누구에게도 아스타나를 여행지로 추천한 적이 없다. 객관적으로 그러기 힘든 곳이기 때문이다. 일단 관광명소라 할 만한 장소가 거의 없다. 어림잡아 네다섯 곳이니 문자 그대로 손에 꼽힌다. 그리고 당신이 오일 머니가 구축한 별난 디자인의 현대건축을 감상하는 취미가 있다거나, 별달리 보이는 게 없는 (그러나 늘 시민들로 북적이는) 전망대에서도 나름의 묘미를 찾아낸다거나, 크고 화려한 이슬람 사원에서 마음의 안정을 찾는 사람이 아니라면 그중 어느 하나를 추천하기도 힘들다.

오히려 식당이나 카페, 주점은 예상보다 잘 갖춰져 있다. 내가 한참 찾아 헤맸던 아르바 와인 부티크도 훌륭한 와인바였다. 와이너리에서 운영하는 직영점 개념의 공간으로 다가구 주택 내에 위치해 있었는데(알고 보니 내가 주저앉았던 공터 바로 뒤편의 대로 쪽에 출입구가 있었다) 내부 분

위기도 꼭 일반 가정의 응접실 같았다. 카페트 위 낡은 나무 테이블에 걸터앉아 음악을 들으며 와인잔을 휘휘 돌리고 있으면 누구라도 그런 생각을 하게 될 테다. 내 경우에는 홀로 가게를 지키던 직원과 나란히 앉아 술을 마시게 됐다는 부분 역시 크게 작용했다. 카자흐스탄 남부 태생의 산자르는 일면식조차 없는 외국인 앞에서도 자기 이야기를 스스럼없이 꺼내 놓는 청년이었다. 좋아하는 아스타나의 술집들 이야기부터, 작년 여름 부모님을 이 도시로 초대했던 이야기, 언젠가 미국 보스턴에서 와인바를 운영하고 싶다는 꿈 이야기, 얼마 전 파티에서 몇 마디 나눴다는 여인 이야기에 이르기까지. 그의 이야기에 추임새를 넣으며 나는 샤도네이, 리슬링, 피노누아까지 다섯 잔의 와인을 마셨다. 다행히 이야기는 재미있었고, 와인은 싸고 맛있었으며, 산자르의 인심은 새로운 잔을 들고 올 때마다 노골적으로 좋아졌다.

그는 몇 곳의 바에 전화를 돌려 오늘 라이브 공연이 있는지 물었다. 그리고 내 이름으로 예약까지 해 주었다. 그런 걸 부탁한 적은 없지만, 참 고마운 일 아닌가. 그래서 나는 그가 예약한 바 제르노에 가서 최선을 다해 춤을 춰 주었다. 춤을 춰도 되는 곳이었는지는 지금도 잘 모르겠지만 그냥 그렇게 했다. 다행히 나중에는 다른 테이블의 손님들 모두 나와서 춤을 췄고, 친구를 몇 사귀기도 했다. 아셋과 이셋, 아자. 셋 중 하나가 결혼을 앞두고 있어 오늘 제대로 놀아 볼 요량이라고 했는데, 예비신랑이 아셋이었는지 이셋이었는지 기억이 잘 나지 않는다(아자는 아니었던 것 같다). 나는 칵테일 서너 잔을 더 마셔 이젠 술을 물처럼 들이켜는 상태였기에 무슨 이야기를 나눴던가도 모르겠다. 다만 우리가 정말 재미있게 놀았다는 사실만 기억이 난다.

바의 분위기가 절정을 넘어섰을 때는 흥건히 취한 아셋이 우리 모두 사우나에 가자고 제의해 왔다. 나는 이야, 재미있겠다, 좋다, 자리를 박차고 따라나섰는데, 아니 술집 앞에서 얘기를 나누기로 사우나 입장료가 자그마치 2만 텡게(한화로 약 5만 5천 원)라는 게 아닌가. 그 사우나가 내가 생각했던 단순히 몸을 씻는 사우나가 아니었던 것이다. 아마도. 나는 아차차, 나 내일 새벽 비행기라 들어가 봐야 할 것 같다, 둘러대고는 친구들에게 황급히 작별을 고했다. 그리고 그렇게 낚아채듯 택시를 잡으면서 내 아스타나 여행은 끝이 났다. 몇 시간 뒤 모스크바행 새벽 비행기를 타야 한다는 말은 진실이었기 때문이다.

누군가는 친구라는 호칭이 좀 과하다고 생각할 수도 있겠다. 우연히 술집에서 만나 건배 몇 번 하며 두어 시간 어

울린 사람들에게 붙이기에 말이다. 사실 나도 객관적으로
는 그렇다고 생각한다. 그러나 우리는 동년배였고, 총각파
티라도 하듯 똘똘 뭉쳐 놀았으며, 무엇보다 헤어지는 순간
의 장면이 꼭 절친한 친구들 같았다. 내가 숙소로 돌아가야
겠다고 했을 때 난간에 주저앉아 있던 아셋은 이렇게 말했
다. "성윤, 돈이 없어서 그러는 거야? 돈이 문제라면 내가 내
줄게. 같이 가." 손바닥으로 자기 가슴을 탁탁 두드리며 말하
는 게 꼭 무슨 드라마의 한 장면처럼 결연했다. 비록 이셋과
아자는 그의 입을 막고 싶어 어쩔 줄 몰라 하는 것 같았지만.

택시를 타고 호텔로 향하는 길에는 그 일련의 사건들
이 그저 우스운 에피소드였다. 하지만 다음 날 모스크바로
떠나는 비행기 안에서 곱씹을 때는 어쩐지 감동적인 측면이
있었다. 화대를 대 주겠다는 의리에 감동한 건 아니었고, 말
하자면, 아셋이라는 사람의 순수함에 감명받은 것이다. 그
러니까 아무것도 볼 게 없다면서 아스타나에 대해 이렇게
긴 이야기를 늘어놓는 이유는 내가 그곳의 사람들을 좋아하
기 때문이라고 할 수 있겠다. 순하고 다정한 사람들. 사랑을
할 줄 아는 사람들. 마음만 맞다면 이방인에게 아주 내밀한
이야기도 털어놓고 싶어 하는 사람들. 아시아인 남자가 바
한가운데에서 혼자 춤을 추고 있으면 다 같이 나와 춤을 춰

주는 사람들. 술집에서 우연히 만난 사이에도 우정이라는 게 만들어질 수 있다고 믿는 사람들.

내가 우연히 좋은 사람들만 만난 것일 수도 있다. 나는 아스타나에 24시간도 머물지 못했고, 그곳이 어떠한 곳이라고 단언할 수가 없다. 더욱이 '누르술탄'에 대해서는 도무지 아무것도 알지 못하는 느낌이다. 내가 다녀온 지 얼마 지나지 않아 아스타나는 누르술탄이라는 이름으로 지명이 바뀌었다는데, 이 글을 쓰려고 구글맵을 켜 본 후에야 그 사실을 알게 되었다. 나는 다소 당황한 채로 누르술탄이라는 이름의 도시를 살폈다. 이리저리 당기고 누르며 내가 아는 장소들이 그곳에 여전한지를 확인한 것이다. 그리고 기묘한 감각에 빠졌다. 이 큰 도시에서 내가 이렇게 단출한 경로로 돌아다녔다니. 이 낯선 이름의 도시에 이 작은 기억으로 이렇게나 뭉클한 서정이 남았다니.

여행을 앞두고 나는 무궁무진한 가능성에 압도되곤 한다. 다만 지난 여행은 늘 단 한 가지 갈래로 분명하다. 무수한 우연들로 이루어진 놀랍도록 명료한 한 갈래. 그리고 나는 누르술탄을 들여다보며, 정말로, 여행이 내 뜻과는 별달리 상관이 없는 것, 어쩌면 운명이나 신탁 같은 것일지도 모른다고 생각했다.

지난날의 홍콩

여행수첩에는 이렇게 쓰여 있다. "홍콩만큼이나 도발적인 도시가 또 있을까." 여행 1일 차의 내가 써 놓은 것이다. 들르는 장소마다, 마주치는 사람마다, 질문을 던지는 것처럼 보였으니 그리 썼겠지. "왜 여기에 이런 게 있으면 안 돼?" "왜 이렇게 입으면 안 돼?" "왜 이렇게 살면 안 돼?" 그러나 더 머물러 보면 그 모든 질문은 착각이다. 그들은 무엇에도 반대하지 않는 채 자연스레 새로운 것들을 만들어 냈다. "여기에 이런 걸 만들래." "이렇게 입을래." "이런 식으로 해 보지 뭐." 무언가에 얽매인 삶이란 건 처음부터 알지도 못하듯이.

　　홍콩에 얽힌 이야기가 많다. 그러나 그들 대부분이 홍콩의 자유로움에 뿌리를 둔 것이고, 그래서 재미있는 기억이

Hong Kong, China

떠올라 고개를 들고 입을 떼는 순간 말을 멈추게 된다. 어쩌면 이제는 할 수 없는 이야기이기 때문에. 부적절한 이야기. 떠올리면 행복해지고, 행복하면 곧 참담해지는 이야기. 이 책을 만드는 동안에 홍콩과 미얀마와 튀르키예 남동부 같은 곳의 추억이 자주 떠올랐다. 그리고 나는 오직 그토록 자유로웠던 사람들의 자유를 빈다. 자유.

Kyoto_Japan

재회

세상에서 가장 재미있는 여행기. 나는 그것이 어린 시절 각자가 여행수첩에 남긴 기록이라 확신한다. 제대로 문장을 갖추려 노력하지도 않은 터무니없는 기록들 속에서 외려 꾸밈없는, 그 순간의 핵심적인 무엇을 돌이킬 수 있기 때문이다. 글씨체며 발상이, 꼭 오래전에 알고 지내던 그리운 누군가와 대화를 하는 듯한 감흥을 안기기도 하며. 그는 당신과 놀라울 정도로 잘 맞는 가치관과 유머감각을 갖고 있을 것인데, 또 한편 사소한 것에서 의미를 찾아내고 감사하는 통찰력이 추종을 불허하기도 할 것이다.

　이 책을 준비하는 동안 어린 날의 내가 여행지에서 쓴 기록들을 좀 읽었다. 그중 교토 여행의 한 대목을 옮겨 놓는다. 당신과도 어느 정도는 통하는 바가 있기를 바라면서. 지금의 당신이든, 먼 옛날의 당신이든.

밤공기는 어찌나 좋았고.

비 내린 뒤 선선하여 맥주를 마시며 뭘 끄적이는 동안 등 뒤에서 바람이 슬쩍 불어오면 나는 행복하다는 생각을 했다.

혹시나, 하고 구글 검색을 하니 제법 괜찮아 보이는 식당이 있기에, 가서 우동에 맥주를 마셨다.

주방에 붙은 기다란 테이블 하나 간신히 놓인 좁은 가게에서 손님 하나가 어마어마하게 시끄러웠다. 젊은 여자였는데, 옆자리 가족 손님에게 귀찮게 말을 걸고 "이렇게 행복해 보이는 가족은 오랜만이라서" 하며 말도 안 되는 소리로 너스레를 떨었다. 매력적이었다. 사귀고 싶었다.

식사 중에 또 조금씩 비가 내렸고, 문이 열릴 때마다 들리는 바깥 소리가 참 좋았다.

담배를 태웠다 어디에서나.

맥주 몇 캔을 사 들고 들어와 눕는다.

내일은 맑으니 일찍 아라시야마까지 가서 앉아 있어야지.

하필 해가 정통으로 내리쬐는 자리에 앉으면, 괜히 덥도록 그렇게 내버려 둘 것이다.

근처 어디에서 두부 요리를 사 먹어도 좋을 것이고 교토 역 근방까지 와서 전망대에 오르거나 서점에 들러 그림이 많은 뭐라도 한 권 사면 좋을 것인데. 막상 그러면 시간이 아깝다고 생각하게 될까.

"당신이 아무도 모르게 걷고 잘 삶은 두부를 느릿느릿 먹고 농담하듯 전망대나 기웃거릴 때
온 우주가 당신을 찾고 있었다."

그래도 아무 상관 없다니. 그래도.

걸어서 (　　) 속으로

나는 때때로 은둔의 욕망에 사로잡히곤 한다. 후미지고 조용한 어느 구석에 가서 속세를 잊고 살고 싶다는 이야기가 아니다. 은둔의 욕망이란 어디서 어떻게 살고 싶다는 마음이 아니라 오히려 그 반대, 내가 차지해 온 세계에서 감쪽같이 사라지고 싶다는 충동에 가깝다. 그리고 그건 우울이나 도피와도 성격이 다르다. 적어도 내 경우에는 그렇다. 나는 아주 어릴 때부터, 초등학생 때부터 아무 이유 없이 종종 그런 상상을 하는 아이였다. 부모님은 맞벌이셨고, 우리 집은 해 질 녘이면 창으로 새어 들어온 빛에 부유하는 먼지까지 다 보일 정도로 낡고 큰 집이었다. 그리고 나는 학교가 끝나고 집에 돌아오면 곧장 내 방 책상 밑으로 기어 들어가 있곤

Cinque Terre_Italy

했다. 그러면 꼭 집에 아무도 없는 것 같았고, 내가 꼭 그 무無에 속한 것 같았다. 의자를 슬쩍 당긴 후 눈을 감고 집 안 곳곳을 떠올리면, 그리고 귀를 기울이면 그게 그렇게 달콤했었다는 게 지금도 선명히 기억난다.

그런 성향이 내 삶을 곤란하게 만들었던 적은 별로 없다. 적당한 표현을 찾지 못해 욕망이니 충동이니 거창한 표현을 쓰기는 했지만, 뉘앙스 차원에서 빗대자면 그건 '아련한 그리움' 정도의 감정이었다. 아르튀르 랭보가 말했던, 살아 본 적 없는 삶에 대한 향수. 그저 때때로 몽상에 빠져 허우적거리는 정도의 시간 낭비를 할 뿐이다. 2018년 12월 2일 아침에도 그랬다. 그날 나는 이탈리아 친퀘테레에서의 짧은 휴가를 마치고 집으로 돌아가는 중이었다. 그러기 위해서는 일단 국제공항이 있는 밀라노로 가야 했는데, 베르나차에서 레반토까지 기차를 타고 가서 인터시티 철도로 환승해 다시 밀라노 첸트랄레역까지 간 다음 버스를 타고 말펜사 국제공항으로 가야 하는 긴 여정이었다. 문제는 베르나차를 오가는 열차 간격이 한 시간에 한 대꼴이었다는 것. 간발의 차로 안전한 시간대의 기차를 놓쳐 버린 나는 이동 내내 안절부절못하고 있었다. 베르나차와 레반토 플랫폼에서든, 기차 좌석에 앉아 출발을 기다리는 동안에든.

284

인터시티 철도 좌석의 맞은편에는 현지인처럼 보이는 노파가 앉았다. 멀리 여행하는지 머리에 스카프를 두르고 코트를 단단히 여민 차림에 꽤 큰 트렁크도 끌고 있었는데, 모자란 손에 케이크 한 덩이까지 챙긴 채였다. 미색 갱지로 둘둘 말려 있었지만 누가 봐도 참벨로네(커다란 도넛 모양의 이탈리아식 파운드 케이크)였다. 갓 구웠는지 은은하게 고소한 빵 냄새가 퍼졌고, 그녀는 선반 위에 둔 그 꾸러미를 1분에도 몇 번씩 다시 확인했다. 그때 나는 비로소 생각했다. 더는 못 참겠다고. 그건 복합적인 감상이었는데, 저걸 저렇게 애지중지 다른 도시까지 어떻게 옮기려고 저러나 내가 괜히 진이 빠지기도 했고, 동시에 그 갱지 덩어리가 너무 아름다워 보였던 것이다. 예뻐서 나는 억울해졌다. 누군들이 아침 친퀘테레 역사상 가장 아름다운 날이 시작되려 한다는 걸 몰라서 여기 앉아 있단 말인가. 지금 베르나차의 서쪽 끝 광장, 색색깔 배가 오가는 항구와 11세기에 지어진 교회를 동시에 조망하는 아나나소 바에서 에스프레소와 빵 한 조각을 먹으며 앉아 있어야 한다는 것, 그걸 누가 모른단 말인가. 오늘은 어디로 가 볼까를 생각하면서, 그 어딘가에서 마주칠 기막히게 아름다운 풍경을 그려 보면서.

그래서 상상 속의 나는 분연히 자리에서 일어나 선반

에서 짐을 끌어내렸다. 기차를 박차고 나와 다시 마을로 돌아왔고, 여행 내내 머물렀던 에어비앤비 숙소의 우편함에서 아까 내가 넣어 둔 열쇠를 꺼내 문을 열었다. 그리고 트렁크를 던져 넣은 후 곧장 밖으로 나왔다. 그대로 침대에 쓰러졌다가는 미쳐 버릴 것이었으므로. 아직 모든 걸 제자리에 돌려놓을 여지가 있다는 가능성, 마음만 고쳐 먹으면 제때 한국으로 돌아갈 수 있다는 가능성 때문에 말이다. 역과 숙소와 가방이 각각 멀리로 흩어지다 보면 두려움이란 감정도 점점 체념할지 모르는 일이다. 어쩌면 그 어느 순간, 힐끗 시계를 봤다가 결국 모든 가능성이 내 손을 벗어났다는 걸 깨닫는 순간에는 웃음이 날지도 모르지.

친퀘테레는 이름처럼 이탈리아 리비에라 지역의 다섯cinque 개 땅terre을 칭하는 표현이다. 몬테로소 알 마레 Monterosso al Mare, 베르나차Vernazza, 코르닐리아Corniglia, 마나롤라Manarola, 리오마지오레Riomaggiore까지. 이탈리아 해안마을이라고 설명하면 으레 고운 백사장이 펼쳐진 휴양지 풍경을 떠올리겠지만 친퀘테레에서 해수욕장을 찾기란 쉽지 않다. 이름과 달리 흙terre이라기보다 바위에 가까운 지질이기 때문이다. 이 커다란 해암들의 비교적 평탄한 구간이나 굵직한 봉우리 위에 다섯 개 마을이 들어섰고, 마을과 마을은 가

파른 산과 절벽으로 이어진다. 좀 더 안쪽으로 아스팔트 도로도 조성되어 있긴 하나 그건 오직 자동차를 위한 길이다. 친퀘테레에서 오래 걷기 위해 택할 수 있는 길은 하나밖에 없다는 뜻이다. 해안 절벽길. 일직선으로만 조성된 길을 걷는다는 건 여러 방면으로 이어진 길 중 하나를 택해 걷는 것과는 전혀 다른 일이다. 원점으로 돌아가기 위해서는 왔던 길을 다시 온전히 걸어서 갈 수밖에 없으니까 말이다.

걷다가 걷다가 코르닐리아쯤 이르고 보면 아무 식당에나 들어가 파스타 한 그릇을 먹을 것이다. 딱히 뭘 먹고 싶어서라기보다 술기운이 필요할 테니까. 그리고 막 점심 영업을 시작한 식당에서 와인 한 잔만 시키는 사람이 되고 싶지는 않을 테니까. 나는 충실한 백일몽을 위해 맛의 기억을 뒤적였다. 초겨울이지만 이 따뜻한 해안지방의 봉골레 오일 파스타에서는 지금도 한여름의 여운을 얻을 수 있을 것이다. 베르멘티노 품종 화이트 와인은 꼭 실로폰 소리 같은 맛이 났던 것 같고. 테라스석에 앉아 한 모금 홀짝이고 나면 숨만 깊이 내쉬어도 특유의 새큼한 향이 비강에 스치겠지. 여전히 마음이 못 견디게 불안하지만 않다면 그릇을 비운 후에도 와인 한 잔을 더 시켜서 오래도록 머물면 좋을 것이다. 여느 평범한 휴양지의 평범한 여행객처럼.

혹여나 마음이 잘 다스려지지 않는다 해도 산책 내내 우울한 것만은 아닐 것이다. 코르닐리아에서 마나롤라로 이어지는 길은 거의 등산길이다. 근방 풍랑이 거세어 바다 쪽으로 길을 낼 수가 없었던 건지, 본래 바다 가까이에도 길이 있었는데 철도가 그 자리에 놓이면서 먼 쪽 길만 남게 된 건지, 대대로 코르닐리아와 마나롤라의 사이가 좋지 못해 이렇게 마지못한 듯한 형태의 길만 조성된 건지, 이유는 알 수가 없다. 아무튼 반복적인 단순 노동을 하거나 다리를 척척 뻗어 산길을 걷는 동안 무언가의 근원을 멋대로 상상하는 건 꽤 즐거운 일이다. 공상 속의 공상이라니. 숨을 몰아쉬며 발을 옮기다가 문득 멈춰 서서 잠깐, 내가 방금 무슨 생각을 하고 있었더라, 온천물에 몸이라도 푹 담갔다가 나온 듯 아주 기분 좋은 상상이었는데, 설레듯 안타까워하기도 할 것이다. 반대로, 때로는 저쪽에서 걸어오는 누군가가 내 팔을 낚아채는 상상도 들겠지. 처음 보는 사람이 이봐요, 지금 여기서 뭐 하고 있는 거예요, 어서 한국으로 돌아가지 않고, 하며 다그치는 이상한 상상.

다행히 겨울 친퀘테레의 가장 큰 매력 중 하나는 한적하다는 것이다. 지난 며칠 마을과 마을 사이 하나뿐인 길목에서도 행로에 마주친 사람은 두세 시간에 한 명꼴이었다.

어찌나 사람이 없는지 그저께 산책 중에는 마나롤라에서 리오마지오레로 향하는 길, 일명 바아 델 아모르Via dell'Amore, '사랑의 길' 초입에서 애정행각을 벌이고 있는 남녀 한 쌍을 마주쳤었다(그들은 인기척에 황급히 떨어져 옷매무새를 가다듬었다). 이렇게 날씨가 따뜻한데도 겨울에 친퀘테레를 찾는 사람이 적은 데에는 또 그만한 이유가 있다. 겨울 친퀘테레의 가장 큰 단점은 '폐쇄된다'는 것이다. 해안 절벽길에 낙석 사고가 많기 때문이다. 방금 말한 남녀가 그토록 대담할 수 있었던 것도 겨울에 빤히 폐쇄되는 비아 델 아모르로 누군가가 들어설지는 몰랐기 때문이었으리라. 그들을 지나쳐 좀 더 깊은 구석으로 들어갔더니 길을 가로막는 가벽이 세워져 있었고 그 중앙의 문은 굳게 잠겨 있었다. 출입통제 안내문도 함께였다. 나는 이내 포기하고 발길을 돌렸다. 아니 정확히는, 돌아섰다가 방금 지나친 사람들에게 충분한 시간을 줘야겠다 싶어 그 아래서 머뭇거렸다. 어느 곳으로도 가지 못한 채로.

그래서 나는 비아 델 아모르의 무엇도 알지 못한다. 상상 속 그 길은 고루하게도 가벽 너머로 보았던 일자로 잘 뻗은 길이 그저 연장된 형태다. 한쪽에는 절벽, 한쪽에는 바다를 두고 소실점이 끝없이 이어지는 것이다. 원근을 잘 가늠하기 힘든 직선 길은 어느 순간 내가 걷는 건지 풍경 속으로 끌려 들어가는 건지 혼동되는 감흥을 안기기도 할 것이다. 그러나 달리 생각해 보면 그 길은 절벽을 감싼 해변 산책로. 어느 순간 뒤를 돌아보면 지나온 길은 절벽을 감싸고 굽이 져 오직 바다가 펼쳐 보이겠지. 특히 해 질 무렵이 되면 석양 빛은 등 뒤에서, 밤하늘 빛은 눈앞에서 시작되어 그 비현실 적 감각이 한층 선명하겠다.

친퀘테레에 해가 뉘엿할 즈음이면 한국에서는 곧 새로운 하루가 시작될 시간이다. 나는 휴대폰 전원을 끌 테다. 그러면 이제 어느 방향에서도 아무도 걸어오지 않을 곳, 어디에서도 누구의 연락도 오지 않을 시간에 속하게 되는 것이다. 그쯤 멈춰서 담배를 한 대 피워도 좋겠다. 걸어온 길은 전혀 보이지 않고 저쪽 끝도 여전히 알 수 없는 어느 지점에 앉아서. "그러고 보면 가 본 적 없는 상상 속의 길만큼 내 자신을 숨기기에 좋은 곳이 없지." 마치 기차 속의 내가 상상 속 나에게 말이라도 걸듯 생각한다.

기차 좌석에 파묻혀 거기까지 상상했을 때, 그때 내 머리는 대뜸 어린 시절을 떠올렸다. 이 글의 첫머리에 언급했던, 책상 아래 숨어서 보냈던 어린 시절 어느 늦여름의 오후를. 그런데 놀랍게도 떠오른 장면 속에서는 책상 아래에도 내가 없었다. 그저 어릴 때 살았던 집의, 아무도 없었던 시간의 풍경이었다. 그건 아주 포근한 상상이었다. 나는 비로소 실제로 무의 세계에 속해 버렸고, 사라진 자의 자취를 쫓듯 다시 해 질 녘의 비아 델 아모르를 떠올렸으나 거기에도 나는 존재하지 않았다. 그 장면 역시 포근했다.

기차는 자주 멈춰 섰다. 안내방송 같은 게 나오기는 했으나 이탈리아어를 내가 이해할 수는 없었다. 밀라노 첸트랄레역까지는 네 시간 반이나 걸렸는데, 다행히 비행기 시간에 늦지는 않았다. 맞은편 좌석의 노파는 무엇 때문인지 자꾸 나를 보며 자애로운 미소를 지었다. 그리고 나는 어느새 불안도 공상도 그만두고 푹 잠들었다. 언젠가 친구가 술자리에서 "나는 상상 많이 해. 상상력이 좋아서 행복한 것 같아" 했었는데, 아 그렇군. 그렇군. 나는 그제야 수긍했다. 나도 그런 사람이군. 사실 내가 현실의 행복 같은 걸 견딜 수 있는 사람인지도 잘 모르겠고. 그래서 나는 그저 때때로 은둔의 욕망에 사로잡힌다. 언젠가 내가 정말로 상상 속 은둔자의 삶으로 들어서기를 소망한다거나, 그런 건 아니다. 그저 이렇게 오래 살기를 소망한다. 간간이 여행하고, 간간이 몽상하고, 그렇게 오래 살 수 있기를.

Last Scene

숙소를 나서며 닫히는 문 너머로 잠깐, 한낮의 아늑한 방의 풍경을 마주한다. 타이베이 중샨구中山區에 위치한 작은 원룸의 풍경. 며칠 머무르지도 않았건만 보고 있자면 포근해지고 어쩐지 마음이 놓인다. 그 가운데에는 내 캐리어가 우뚝 서 있다. 그게 그 자리에 배웅이라도 하듯 남아 있는 건 에어비앤비 호스트의 아량 덕분이다. 체크아웃 후 근방에 캐리어를 맡길 만한 곳이 있는지 문의하자, 2시까지라면 그냥 안에 두고 다녀와요, 그가 흔쾌히 제안했던 것이다. 그래서 나는 아직 이 방의 주인인 사람처럼 열쇠로 문을 걸어 잠그고 바지 주머니에 찔러 넣는다. 제자리를 잡기까지는 적잖이 짤그랑 소리가 나서, 나는 계단을 걸어 내려가며 무심

Taipei_Taiwan

코 기대한다. 복도에서 아파트 주민 아무라도 한 명쯤 마주치기를.

　나는 사실 여행 마지막 날 늘 공항에 지각한다. 대체로 비행기 이륙 두 시간 전쯤에야 겨우 도착하고, 때로 한 시간 남짓 남겨두고 도착할 때도 있다. 게을러서 그런 건 아니(라고 생각한)다. 아쉬움에, 조금이라도 더 머물려 시간 계산을 빠듯하게 하는 버릇이 든 탓이다. 그러다가 비행기를 놓쳐 본 적이 아직 없는 탓이기도 하고. 그리 좋은 버릇이 아니라는 것쯤은 알고 있다. 고작 한두 시간 더 머무르는 게 무슨 차이가 있다고 그런 위험을 감수하느냐는 핀잔을 몇 번이나 들었는지 모른다.

　동의한다. 그러나 여기서 슬쩍 진심을 알리자면, 내 동의는 오직 '너무 큰 위험을 감수한다'는 부분에 해당하고, '고작 한두 시간'이라는 표현에는 끝내 선을 긋는다. 모든 한 시간이 동일한 무게를 가졌다는 생각은 착각이다. 여행 마지막 날의 한 시간은 그전 날의 한 시간과 결코 같지 않다. 그날 아침의 한 시간과 출국 시간이 바짝 다가온 때의 한 시간도. 물론 그 차이를 만드는 요소들에는 긴장과 불안 같은 것도 있다. 실력 좋은 고깃집에 가면 생간이나 천엽 같은 걸 즐겨 찾는 사람처럼, 나는 별나게도 그 긴장되고 불안한 시간을 좋아할 뿐이다. 어떻게 더 설명해도 납득은 어렵겠지만.

시간 계산을 최대한 인색하게 해서 번 여백의 시간 동안, 나는 뭐 거창한 걸 하지는 않는다. 대체로 그저 배회한다. 그런 날 먼 곳에 다녀올 만큼 불안을 사랑하지는 못하기도 하고, 귀국 비행기가 오후 시간인 경우에는 근방에 짐을 맡기고 찾는 과정의 변수도 염두에 둬야 한다. 그래서 나는 여행의 마지막 날 비행기에서 시간을 보내기에 편한 복장을 하고, 모자를 아무렇게나 눌러쓴 채로, 일 없이 주택가를 어슬렁거린다. 그 도시에 사는 젊은 백수처럼.

타이베이는 낡은 건물들이 그득하고, 그러나 어딘지 깨끗한 인상의 도시다. 깨끗한가 하면 또 녹음이 모든 것을 뒤덮도록 무심히 내버려 둔 도시기도 하다. 의아할 정도로 당연한 얘기를 하나 하자면, 타이베이에 가 보지 못한 당신은 그곳이 어떤 도시인지 알지 못한다. 어떤 영화를 봤든, 어떤 정보를 얼마나 알고 있든. 심지어 나는 그곳에 당도해 나흘이나 머무르고도 잘 몰랐다.

마지막 날 출국을 몇 시간 앞두고서야 겨우 제대로 타이베이를 감상한다. 자연미와 절제미의 조합이 어찌나 독창적인지, 어느 괴짜 노인이 평생 혼자 가꿨다는 정원에라도

들어온 것 같다는 생각을 한다. 타이베이는 곳곳의 명소를 들르는 식으로 여행할 곳이 아니었구나, 하는 후회도 한다. 한낮부터 한심하게 캔맥주나 따 마시며 슬리퍼 발로 골목골목을 기웃거려야 하는 곳이었는데. 어제 종일 비가 퍼부었기 때문일까, 식물들은 과히 생동한다. 거의 생장하는 순간이 눈에 보일 듯하다. 거리에는 오래 방치된 듯한 자전거 하나가 쓰러져 있고, 또 어느 길목에는 노인이 벤치에 가로누워 잠들어 있다. 행로에 마주친 어느 초등학교에 들어서니, 그 안에는 아무도 없다. 운동장에도, 건물 안에도. 좀도둑처럼 학교 이곳저곳을 들쑤시다 포기하듯 스탠드에 앉는다. 그리고 거기에서는 운동장 너머로 회색 도시가 멀게 보여서, 이상하게 가슴이 설레듯 옥죄어 온다. 그러나 이건 여행 첫날 느껴야 했던 종류의 감정 아닐까? 이제 와 뭘 어쩌겠는가? 그저 돌아간 후에 이 순간을 다른 어떤 순간보다 더 자주, 별스러운 마음으로 곱씹을 수밖에 없을 것이다. 오늘 찍은 사진들은 다른 게시물과 달리 본문에 아무 글도 달지 않고 블로그에 올려야지. 이런 제목으로. '타이베이의 마지막 날 아침에 본 아름다운 것들.'

물론 내게 이 아침의 아름다움이란 그 사진들 자체라기보다 어떤 종류의 상호작용에 있겠지만 말이다. 화사한 풍경들 사이에서 일렁이는 무서우리만치 고요한 이미지들, 이를테면 숙소 거실 한가운데에 우두커니 서서 나를 기다리고 있는 캐리어, 거대한 비행기들이 슬금슬금 오가는 공항 활주로, 내가 아직 여기에 속해 있지만 이 모든 아름다움이 더 이상 내 것이 아니라는 사실. 그런 것들이 깔려 있지 않다면 거리 풍경은 그저 거리 풍경일 뿐이다. 나는 그런 것을 아름답다고 말하는 사람은 아닌데…….

아무튼 여행을 한 사람은 나 혼자요 당신은 아니니, 안타깝게도 나는 전해지는 것만을 전할 것이다.

Sevilla_Spain

뒤

나는 늘 손목에 카메라를 걸고 다니는 사람이다. 요즘 같은 스마트폰 시대에 카메라를 갖고 다니는 사람은 으레 이런 질문을 받게 된다. "어떤 걸 찍으세요?" 나는 늘 "대중없이 내키는 대로 찍습니다" 답하곤 했는데, 문득 스스로도 궁금해져 지난 사진첩을 뒤져 보니 사람 뒤통수 사진이 압도적으로 많았다. 그래서 곧 "사람 뒤통수를 찍습니다" 하고 다니게 되었다.

물론 그 말에는 어폐가 있다. 그건 결과와 의도를 혼동하는 문장이다. 다만 나는 그렇기에 그렇게 말한다. 어떤 걸 찍으세요, 사람 뒤통수 찍어요, 그런 식으로 서로 살짝씩 비껴가는 대화가 어쩐지 좋아서. 문제는 사람이 으레 말의 지배를 받는다는 사실이다. 저는 무엇무엇 합니다, 하고 다니다 보면 당신은 점점 그 대상에 집착하게 되고, 그게 곧 당신의 세계가 된다. 스페인 같은 곳을 여행할 때는 정말로 그랬다. 나는 사람들의 뒷모습에 매혹되어 떠돌아다녔다. 그곳에서 정말 많은 뒤통수를 찍었고, 그래서 어디서든 스페인 얘기가 나올라 치면 그 사진들을 보여 주고 싶은 충동부터 인다. "스페인에는 아름다운 뒤통수가 정말 많지요", 무슨 특산물처럼 소개하면서. 물론, 그 말에도, 어폐가 있다.

한번은 사진을 전공한 친구 하나가 내가 찍은 사진들을 보면서 이렇게 말했다. "왜 맨날 뒷모습만 찍어요? 좀 더 용기를 내 봐요." 앞모습을 찍기 위해, 좀 더 내라는 것이었다, 용기를. 나는 용기 부족이라는 관점에 조금 놀랐다. 내가 누군가의 앞모습을 허락 없이 찍는 것도, 찍어서 내 사진이라 여기는 것도 힘들어하는 사람이긴 하지만, 그건 용기라기보다 일종의 윤리의식에 가까운 문제일 것이다. 무엇보다 내가 사람들의 뒷모습을 찍는 가장 큰 이유는 단순히 그걸 더 좋아해서고. 친구의 말이 무슨 뜻인지는 안다. 사진은 본질적으로 기록의 매체기에 한순간에 피사체의 성질을 잘 담아낼수록 좋은 사진이 될 확률이 높아진다. 인간의 뒤는 앞에 비해 정보가 절대적으로 부족하다. 하지만 오히려 나

는 그래서 뒷모습에 매혹된다. 수수께끼라서, 별달리 꾸며낼 수가 없어서, 그럼에도 여전히 너무 많은 힌트가 숨어 있어서.

언젠가 바에서 스페인 얘기를 나눈 어떤 이는 내가 찍은 사진을 보다가 그 위에 자신의 상상을 덧붙였다. 이 사람 뒷모습 좀 보라고, 마치 이렇게 말하고 있을 것 같지 않냐고. 나는 오랜만에 정말 말이 잘 통하는 사람을 만났다고 생각했다. 사람들 뒷모습을 자꾸 찍는 이유를 굳이 설득하려 애쓰지 않아도 되는 사람을 만났다고. 비로소. 다만 뒷모습 사진을 보며 그녀가 상상한 말이 어떤 말이었는지는 여기에 쓰지 않을 것이다. 오직 스페인의 뒷모습 사진들만을 남겨놓을 것이다. 사람의 뒷모습에서 뭔가를 찾아낼 수 있는 사람이 분명 그녀 외에도 많을 것이라는 믿음으로.

Ronda_Spain

Barcelona_Spain

Servilla_Spain

Ronda_Spain

314

외로운 바와 외로운 방

첫 글에서 밝혔듯, 이 책에 실린 글들은 지금껏 제대로 쓰이지 못한 여행담들이다. 그러나 분명 그 안에 말해져야 할 무언가가 있다고 여겨지는 이야기들. 그리고 내게 있어 그 여집합의 가장 깊숙이 자리한 것은 단연 섹스에 대한 이야기다.

나는 이국에서의 섹스가 아주 경이로운 경험이라고 생각한다. 강도의 측면을 넘어 거의 범주의 측면에서 완전히 새로운 쾌감을 안겨 주는 일이라 여긴다. 왜 누구도 그에 대해 말하지 않았는지 궁금하고, 내 견해를 한번 정리해 보고 싶기도 하며, 다른 사람들은 어떻게 생각하는지도 들어 보고 싶다. 그러나 정작 돌아보면, 실제로 내가 그런 이야기를

꺼낸 적은 지금껏 한 번도 없었던 것 같다. 아주 친한 친구에 게조차.

이런 주장에 의아해할 사람도 있을 것이다. 이국에서 의 섹스라고 해서 한국에서의 그것과 별다를 것이 있냐고. 엄밀히 말해서 달라지는 건 없다. 침대 위 두 사람의 몸이 벌 이는 일이다. 그 위치야 서울이 됐든 하와이가 됐든 마테호 른이 됐든, 문을 닫으면 호텔 방은 그저 호텔 방인 것 아닌 가? 그러니 내 주장에 동감하는 사람이 있다면 그는 필시 섹 스가 그런 것들 사이에 있지 않다고 여기는 사람일 것이다. 땀으로 범벅이 된 몸과 몸 사이에 벌어지는 일이 아니라, 문 화와 문화 사이에 벌어지는 일이라고 여기는 사람. 두 사람 이 만나 새로운 놀이를 찾아내는 과정에서 생기는 일이라고 여기는 사람.

예를 들어 A가 폰 하나를 두 칸 앞으로 옮긴다고 치 자. B가 그 맞은편의 폰을 두 칸 앞으로 옮긴다. A는 나이트 하나를 폰 너머로 불쑥 내밀고, B 역시 그 맞은편의 나이트 를 앞으로 옮긴다. A는 상대가 나를 따라 하나 싶어 도발하 듯 비숍을 훌쩍 전진시킨다. 그러나 B는 그에 따르지 않는 다. 또 다른 폰 하나를 두 칸 앞으로 전진시킨다. 다음의 어 떤 수를 위해, 어떤 말에 길을 열어 놓은 것인지는 도무지 알 수가 없다. A는 자신의 수를 개진하려다가, 허공에서 손을 돌려 B가 전진시킨 폰 맞은편의 폰을 두 칸 전진시킨다. B는 처음으로 고심한다. 그리고 결단을 내린 듯 제자리에 남아 있던 자신의 폰들을 모조리 쓰러뜨린다. 하지만 자신의 말을 쓰러뜨린다고? 그것도 한꺼번에 전부? A는 놀라 고개를 들어 B를 본다. 이래도 되는 건가? B는 태연히 A를 본다. 그럼, 그래도 되죠. 우리가 하고 있는 건 체스 같은 게 아니잖아요. 그 얼굴은 그리 말하는 듯하다. 과연 맞는 말이다. A는 다시 보드를 내려다본다. 그리고 아까 전진시켰던 비숍을 들어 올려 손등으로 B의 말들 한편을 쓸어 버리고, 그 자리에 비숍을 내려놓는다. B는 크게 한 번 웃는다. 너무하다는 듯한 미소를 띠고, 보드 바깥에 흐트러진 말들 중에서 룩을 집어 눈치를 보듯 슬쩍 세운다. 그리고 그걸로 옆의 비숍을 먹는다. 뜬금없이 너무 정석적이라서, 이번에는 A의 웃음이 터진다.

만약 섹스가 정말 그런 것이라면 장소와 상황에 따라 차이가 생기기도 할 것이다. 서울의 집에서 벌이는 놀이와 아늑한 호텔에서, 혹은 하와이에서, 마테호른의 산장에서 벌이는 놀이는 늘 다른 이야기를 만들 것이다. 해방감과 고양감으로 가득 찬 어떤 이국의 밤에는 육체적 쾌락을 넘어 '철

이 덜 든 채 자란 어른들의 모임' 같은 곳에 다녀올 수도 있을 것이고, 마음 깊은 곳까지도 삶의 굴레와 속박에서 벗어난 어느 운 좋은 밤에는 서로의 존재 외에는 별달리 무엇도 중요하지 않은 시간을 경험할 수도 있을 것이다.

그런데 나는 이 명제들을 과거형 시제로, 경험칙의 형태로 쓸 수가 없다. 내 경험에 대해 무엇 하나 꺼내 놓기가 주저스럽다. 사람들을 설득하기에 제법 좋은 예도 몇 떠오르는데, 그러나 정작 뭘 쓰려고 보면 할 수 있는 이야기가 아무것도 없다. 나 혼자서 솔직하고자 솔직해도 될 이야기들인지 확신이 서질 않기 때문이다. 물론 잘 이야기한다면, 정말 잘 이야기한다면 이야기 속 상대조차 자신의 이야기인지 알아채지 못할 정도로 익명성을 지키며 지난 경험을 묘사하는 일이 가능하리라. 그러나 그렇다 해도 결국 글을 쓰는 나는 그게 누구의 이야기인지 알 것이다. 그러면 그것은 아무 의미 없는 이야기가 되는 것이다. 내밀해서 아름다웠던 누군가와의 대화를 동의 없이 발설하는 일 따위. 그러면서 그게 아름다운 대화였다고 주장하는 일 따위. 그래서 나는 이번에도 이국에서의 섹스가 놀라운 경험이라는 주장을 제대로 이어 가지 못할 것이다. 누구도 납득시키지 못하고, 그저 혼자만의 기억들을 상기시키는 미완의 원고를 내놓게 될 것이다.

안타까운 일. 그래서 나는 이 이야기의 끝에 그 반대 차원의 기억이나마 덧붙이려 한다. 외로운 바와 외로운 호텔 방의 기억을.

책을 순서대로 읽는 사람이라면 이미 눈치챘겠지만, 혼자 여행할 때의 나는 대부분의 밤에 바를 찾는다. 별다른 이유는 없다. 바라는 공간이 원래 그런 목적으로 만들어진 곳이기 때문이다. 숙소를 막 벗어난 여행자에게는 본 궤도로 진입하기 전에 들르는 우주정거장이 되고, 이곳저곳에서 흥청망청 마시고도 아직 만족을 못한 취객에게는 참새 방앗간이 되는 곳. 그렇지만 누구에게나 바가 그런 의미인 건 아니다. 한번은 혼자 여행하는 데에 익숙지 못한 지인이 내게 이렇게 물었다. "혼자 바에 가면 뭘 하지?" 그에 대해 생각해 본 적 없었던 나는 곰곰 생각하다가 이렇게 답했던 것 같다. "수첩을 챙겨 가서 뭔가를 써야 해." 바에서 혼자 뭔가를 끼적이고 있으면 옆자리 사람이든 바텐더든 누군가와는 분명 친해지게 마련이라고. 물론 내가 그러자고 노트를 챙겨 다니는 건 아니다. 여행지에서의 나는 원체 기록광이다. 바에 앉아 내키는 술을 한 잔 주문하고, 그날 겪은 것들과 느낀 것들에 대해 줄줄 써 내려가는 것은 내 안의 오랜 관습이다. 그런데 그러고 있으면 십중팔구 누군가가 말을 걸어왔던 것이다. 그래서 그것은 이제 오랜 관습이자 삶의 지혜가 되었다.

어떤 식이냐면, 이런 식이다. 내가 노트에 낮에 동물원에서 본 한 무리의 하이에나와 그들의 순둥순둥한 인상에 놀랐던 경험을 쓰고 있을 때, 누군가 이렇게 물었다. "뭐 써요?" 나는 고개를 들고 답했다. "나도 모르겠어요." 그리고 그게 너무 무뚝뚝한 답으로 느껴질 즈음 이렇게 덧붙였다. "동물원 같은 거에 대해서." 그녀는 내게 그런 쪽 일을 하느냐고 물었고, 나는 아니 그냥 오늘 동물원에 다녀온 관광객이라고 답했다. 그녀는 조금 웃었다. "그럼 그게 일기 같은 거예요?" 나는 잠깐 그 질문에 대해 진지하게 생각해 본 다음에 답했다. 아닌 것 같다고. "사람에 따라 다르게 받아들일 것 같긴 한데요, 제가 생각했을 때 이건 일기는 아닌 것 같아요. 일기보다 좀 더…… 진실한 뭔가죠." 내가 마지못하듯 'authentic'이라는 표현을 골랐을 때 그녀는 입가를 슬쩍 올리며 눈을 가늘게 떴다. 그러게. 일기보다 어센틱한 글이라는 게 있나? 그 표정에 대해서도 나는 언젠가 글을 써야 할 것이다. 이제 막 알게 된 누군가가 나를 향해 그 표정을 지을 때 내가 얼마나 행복한지에 대해서.

Istanbul_Türkiye

Wien_Austria

아무튼 나는 이렇게 덧붙였다. "일기장은 따로 있어요." 그녀는 내게 대뜸 일기장이 어떻게 생겼느냐고 물었다. 그리고 고르고 골라 산 내 일기장을 사랑하는 나는 두말없이 휴대폰에서 이미지를 찾아 그녀에게 보였다. 그녀는 그걸 빤히 볼 뿐 별다른 말이 없었다. 나는 당신도 일기를 쓰느냐는 질문을 던졌고, 그녀는 자신도 일기를 쓰노라고 답했다. 그리고 나는 너무 빤하게도, 이렇게 되물었다. "어떤 걸 쓰는지 말해 줄 수 있어요?" 그녀는 고개를 젓고는 어떻게 생겼는지는 보여 줄 수 있다고 답했다. 그러고는 자기 휴대폰에서 뭘 하나 찾아서 내게 보였다. 나는 그저 보이는 대로 감탄했다. "자물쇠가 달려 있군요." 그녀는 답했다. "자물쇠가 있어요."

혼자 여행할 때의 나는 대부분의 새벽에 숙소로 돌아가며 맥주 몇 캔을 산다. 숙소에 도착할 즈음이면 십중팔구는 만취 상태지만, 뻗어 눕기 전에는 내가 무엇을 아쉬워하게 될지 도무지 알 수 없으므로. 지금껏 내가 까 놓고 마시지 못한 채 곯아떨어져 침대 사이드 테이블에 방치됐던 맥주들, 그것만 다 모아도 드럼통 한 개는 족히 채울 것이다. 아깝긴 하지만 그것은 말하자면 하루의 끝을 받아들이는 의식 차원의 공물이다. 침대에 풀썩 누워 TV를 틀고 맥주 한 캔을 따는 일련의 의식을 위한 공물. 물론 이국의 TV 방송에서 내가 이해할 수 있는 건 별로 없다. 다만 내가 이해할 수 없는 외국어에 둘러싸여서도 그것을 이해하려 노력할 필요가 없다는 것, 그것만으로 얼마나 위안인지 모른다. 하루 종일 그런 것들에 쫓기고 나서는 말이다.

앞서 말했던 그녀와 만났던 밤에도 그랬다. 나는 숙소에 들어오자마자 옷을 벗어 던진 후 침대에 벌러덩 눕고, TV를 켜고, 맥주 캔을 땄다. 다만 그 밤에는 TV를 보면서도 멍해지지 않았다. 방금 바에서 나눈 대화가 자꾸 떠올랐던 것이다. 어떤 때는 모르는 여인과 굉장히 세련된 이야기를 나눈 것 같아 웃음도 났다. 일기장이라니. 기억은 자연히 이야기를 할 때 그녀의 표정으로 옮겨 갔고, 그리고, 그러고 보니 나는 그 순간을 그리워하고 있었다. 넓고 아늑한 호텔 방에서 덜컥 외로워했던 것이다. 처량하게도.

누군가 그랬던가. 섹스보다 야한 유일한 행위는 섹스하지 않는 것이라고. 그 뜻을 다소간 오해한 것인지도 모르겠으나, 어쨌든 나는 그 밤 자꾸만 그녀를 떠올리게 되는 것을 그런 차원으로 합리화하려고 노력했다. 그대로 헤어졌기에 더 근사한 만남으로 남았으며, 나는 지금 아쉬워하는 게 아니라 그 근사함을 곱씹는 중이라 여기려 했다는 뜻이다.

잘되었던가는 기억나지 않지만. 아무튼 나는 꽤나 취해 있었고, 여느 밤과 마찬가지로 맥주 캔을 거의 비우지도 못한 채 잠들었다.

"네가 요즘 외로운가 보다."

이 이야기를 듣던 친구 하나는 아주 상투적인 감상을 내놓았는데, 글쎄. 스스로의 외로움을 알아채는 데 둔감한 편인 나는 그저 호텔 방이 문제 아니었을까 싶었다. 너무 좋은 숙소를 잡는 바람에 벌어진 일 아니었을까 하고. 쓸데없이 호사스러운 방에서 우리는 늘 쓸데없이 누군가를 그리워하게 마련이니까 말이다.

혼자 여행을 할 때는 너무 좋은 방을 예약하는 것을 피해야 한다. 너무 아름다운 방은 너무 외로운 방이 되기 쉬우니까. 이때의 딜레마는, 그렇다고 누추한 방을 예약할 수도 없다는 점이다. 그러면 꼭 또 아쉬워할 만한 일이 생기게 마련이다. 왜 좀 더 놀이의 영감이 잘 떠오르는 근사한 방을 예약하지 않았을까, 아쉬워하게 될 만한 일이.

Macau_China

남쪽으로 간다

마카오에서는 건물 중앙에 구멍이 난 호텔에 머물렀다. 외계 문명의 플라스마 빔이라도 관통한 듯 일그러진 모양의 구멍이 뻥 뚫린 호텔이었다. 마카오에 간 이유부터가 그 호텔, 건축가 자하 하디드의 유작인 모르페우스Morpheus의 초청을 받아서였다. 3박 4일간의 출장 일정에서 내가 해야 할 일은 오직 호텔의 서비스를 제대로 즐기는 것이었다. 그래서 나는 매일 새로운 레스토랑에서 식사를 하고 모든 흥미로운 공간을 샅샅이 탐색했다. 주최 측은 생후 23일 된 비둘기 구이 요리 코스에 각 메뉴마다 티 소믈리에가 세심히 매칭한 차를 곁들여 냈고, 미슐랭 3스타 셰프의 이름을 내건 프렌치 레스토랑에서 1,200여 개 라벨을 갖춘 와인 셀러를 구경

시켜 줬으며, 실제 눈*으로 조성해 1년 내내 녹지 않는다는 스파 앞 미니 정원을 소개했다. 나는 적당히 정중하고도 적당히 편안한 차림으로 호텔 곳곳을 떠돌며 적절한 타이밍에 적절한 질문이나 감탄사를 고안해 냈다.

그러다 일정이 끝나면 방으로 돌아와 벌거벗고 지냈다. 최고급 호텔 객실의 안락함이란 자고로 온몸으로 받아들여야 제맛이기에. 넥타이를 풀면서 걸어가 욕조에 물을 틀고 셔츠까지 벗어 던지고 나면 미니바에서 샴페인 한 병을 땄다. 마음껏 마시라는 총지배인의 호언을 믿고. 술을 홀짝이며 나머지도 다 벗고 나면 스피커를 켤 차례였다. 나는 마카오에 머무는 동안 그 흔한 슬롯머신 한 번 해 본 적이 없는데, 객실로 탁 트인 욕조에 누워 분위기에 걸맞은 음악을 맞추는 것만으로도 얼마나 재미난지 몰랐다.

그러니까 내가 출장지에서 새벽같이 일어나 두 시간이나 달려서 이웃 마을에 다녀온 건 심심해서가 아니었다. 일종의 균형 문제였다. 나는 고급 호텔이라는 경험을 사랑해 마지않는 사람이지만, 동시에 이국에 머무르는 내내 호텔에만 머물러 있자면 바보가 된 기분을 느끼는 사람이다. 자본주의가 빚어낸 상품들이 굉장히 효과적으로 아름답고 기분 좋기는 하지만 그런 것들만 만끽하다 돌아가서 내가 어디를

다녀왔노라고 생각할 수는 없는 법이다. 그건 노웨어nowhere
에 다녀온 거지. 뭔가를 비판하려는 게 아니라 살면서 겪어
보니 내가 그런 식으로밖에 받아들이지 못하는 사람이었다
는 뜻이다.

이틀 만에 건물을 나서 보니 아침 녘의 마카오는 로딩
중에 오류가 난 듯한 세계였다. 깨끗이 구획된 도로들과 야
자나무들, 도박 산업을 포장하려 기괴하리만치 화려하게
지은 빌딩들, 반쪽 크기의 에펠탑과 세계 곳곳의 관광 명소
에 기원을 두고 있을 온갖 동상들, 그들의 위세에도 이상하
게 떨쳐지지 않는 어떤 황량함. 그리고 그런 이미지는 섬 중
심을 가로질러 아래로 내달리는 동안 그라데이션처럼 아주
조금씩 흩어졌다. '마카오' 하면 딱 떠오르는 코타이 스트
립Cotai Strip의 풍경이 있었고, 그 끝에 다다르니 '마카오'를
확장하려 끊임없이 뭔가를 짓는 공사장들이 나왔고, 그마
저 자취를 감추고 나니 황량한 벌판과 공장단지가 번갈아
등장했다. 그건 도시 문명의 야만성과 무책임함을 직관적
으로 느끼게 하는 구조였으나, 사실 여기저기 신도시가 피
어나는 곳에서 살아온 한국인들에게는 낯설기보다 차라리
친근하다고 할 수 있는 풍경이었다.

그리고 그 너머가 콜로안 빌리지Coloane Village였다. 지난

저녁 호텔 컨시어지에게서 추천받은 마카오 남쪽 끝의 평화로운 바닷가 마을. 사실 그는 버스나 택시를 타고 가라고 했었는데, 글쎄. 확실히 달리는 길에 별달리 볼 건 없었지만 그렇게 계속 휙휙 달라지는 풍경이 안긴 영향이 있었던 것 같다. 콜로안 빌리지 초입 낡은 주택의 화단에는 새빨간 꽃들이 심겨 있었으니까. 회색 풍경 속을 달리고 달려 멀리 저 꽃의 풍경이 시야에 들이치는 경험, 그건 아무래도 버스에서 내려 우연히 그것을 발견하는 경험과 동일하다고 할 수 없다.

마카오처럼 작은 섬 안에 콜로안 빌리지 같은 마을과 코타이 스트립 같은 도심이 공존한다는 건 꽤 신기한 일이다. 마치 두 구역이 서로의 평행우주 같다. "만약 마카오가 '아시아의 라스베이거스'라는 길을 택하지 않았다면" 하고 보여 주는 게 콜로안 빌리지랄까. 이 마을을 구성하는 것도 마카오의 다른 지역에서 으레 만날 수 있는 건축 양식과 색감이지만, 그 모든 것이 좀 더 자연스레 나이를 먹었다. 빛바랜 벽과, 이끼들과, 급하게 보수한 흔적들로.

이 작은 마을의 백미는 그 사이사이의 골목들이다. 자고로 골목의 재미란 마치 전광판의 뒷편처럼, 외적 형식을 유지하기 위한 실제 기반을 보여 준다는 점일 것인데, 콜로안 빌리지에서는 다음 골목에서 무엇을 마주칠지 도무지 예

상할 수가 없었다. 집마다 내건 온갖 화분부터 장식한 건지 버린 건지 곳곳에 놓인 깨진 불상들, 기울게 자라는 야자나무를 끈으로 동여맨 창틀, 작은 골목 시장, 시장 앞에서 얌전히 주인을 기다리는 커다란 개들……. 나는 그들을 헤집고 달리며 먼 동네의 아침 소리를 만끽했고, 지칠 무렵에야 마을 서쪽 끝의 해안 방면으로 빠져나왔다. 중국 본토 샹저우와 인접한 바다 풍경은 마치 강변 같았다. 나는 그 한구석에 자리를 잡고 앉아 담배를 하나 빼어 물었다. 그리고 마치 졸다 깬 사람처럼 머릿속에 번뜩 감탄사를 떠올렸다. '와, 최고인데' 하고.

경치도 좋고 달리기의 성취감도 좋았으나 개중에서도 가장 최고인 점은, 아마도, 내가 이제 이 섬에서 최고로 쾌적한 객실로 돌아갈 거라는 사실이었을 것이다. 곧 정확한 온도의 물을 기분 좋게 뿌려 주는 샤워기 밑에서 몸을 씻겠지. 그리고 지구 최고의 건축가 중 한 명이 설계한 기하학적 인테리어의 라운지에 앉아 치즈 넣은 오믈렛을 먹을 것이었다. 물, 오렌지주스, 홍차, 커피까지 몽땅 한 잔씩 가져다 놓고서. 오늘 착장은 좀 멋을 부려서 니트 타이에 린넨 블레이저까지 걸치면 어떨까? 땀범벅이 된 운동복 차림으로 담배를 피며 생각하기로는 아주 좋은 계획 같았다.

묘지의 러너

여행지에서의 조깅에 대해 짧은 기사를 쓴 적이 있다. 낯선 도시의 아침이 열리는 광경을 목격하는 일, 그리고 뛰어 들어가 그 아침의 일부가 되는 일에 관해서. 아직도 그 기사를 기억하는 건 잡지가 발행된 후 기사 잘 봤다는 연락을 유독 많이 받았기 때문이다. 에디터 일을 하며 손에 꼽을 정도의 호응이었으니, 십중팔구는 유대감을 전하는 내용이었다. 본인들도 여행지에서 꼭 달리기를 한다는 것이다. 그래서 나는 약간의 죄책감에 시달리게 되었다. 해당 기사가 펑크 난 페이지를 메우기 위해 한 시간 만에 휘갈겨 쓴 것이기 때문만은 아니었다. 그 안에 중대한 거짓말이 섞여 있었기 때문이다.

Moscow_Russia

그 원고에서 나는 이국의 공원이나 거리를 내달리는 감동을 예찬했는데, 내가 이국에서 가장 좋아하는 달리기 코스는 그런 곳이 아니다. 나는 공동묘지에서 달린다. 그러나 그건 늘 적잖은 부연이 필요한 사실이고, 짧은 기사니만큼 단순화할 필요가 있다고 판단했던 것이다. 지금은 안다. 그게 단순화가 아니라 거짓말이라는 걸. 장례식을 결혼식이라고 단순화할 수는 없는 법이다.

써 놓고 보니 좋은 비유인 것 같다. 장례식과 결혼식. 이 글을 이해하기 위한 전제는, 그런 부류의 인간이 존재한다는 것을 당신이 납득할 수 있는가 하는 것이다. 세상에는 결혼식장보다 장례식장에 있을 때 더 소속감을 느끼는 사람도 있다는 것을. 이때 소속감이란 '있어야 할 곳에 내가 존재한다'는 감각이다. 지인이 잘 알지 못하는 사람과 2인 공동체를 맺을 때, 그것을 축하해야 할 때, 어떤 사람들은 사회성과 당위의 힘을 필요로 한다. 어느 정도는 축하해야 하는 일이라고 알고 있기 때문에 축하한다는 뜻이다. 그에 비하자면 상실과 부재에 유대하는 건 그저 인간으로서 자연스레 작동하는 기능과 같다.

혹은 단순히 에너지 차원의 문제일 수도 있다. 두 사람의 창창한 앞날을 은유하는 분위기가 식장 내에 감돌도록 결혼식 하객은 '밝고 행복한 사람들'이 될 필요가 있는데, 세상에는 그런 연출이 어려운 사람도 있기 때문이다. 그렇게 조금씩 무리를 하는 사람들 틈에 섞여 있을 때 깊은 피로를 느끼는 사람도 있고. 반면 개인적 맥락의 행복도 슬픔도 짐짓 숨기고 조곤조곤 속되지 않은 말을 이어 나가는 분위기, 그것이 좀 더 편안한 사람도 분명 있을 것이다. 내가 이국의 공원보다는 공동묘지를 더 자주 찾게 된 것도 아마 비슷한 사정이지 않을까? 공원은 그 도시 사람들에게 휴식과 평화가 어떤 의미인지 물리적으로 구현해 놓은 시설이며, 묘지는 경외심과 그리움을 물화해 놓은 시설이다. 그리고 나는 전자보다 후자에서 더 큰 영감을 얻는 사람인 것이다, 아마도.

그렇다고 이런 부류의 사람, 좀 침울하면서도 넘치는 기력을 타고난 사람 모두가 공동묘지에서 달리기를 하게 되는 건 아니다. 내 경우에는 선명한 계기가 있었다. 도쿄의 야나카레이엔谷中靈園이었다. 신령 령靈 자에 동산 원園 자를 쓰는 레이엔靈園이라는 독특한 명칭처럼 공동묘지와 공원을 한데 섞어 놓은 곳인데, 실제로 보면 어감만큼 별스럽지는 않다. 마을 중앙에 10만 제곱미터 크기의 울타리 없는 녹지가 펼쳐져 있고 그 곳곳에 묘소가 들어서 있다. 물론 그런 조화

자체가 이상한 일이긴 하다. 생경함은 순간순간 찾아온다. 빼곡히 늘어선 비석 사이로 장바구니를 든 여인이 터벅터벅 걸어올 때, 방과 후의 아이들이 야나카레이엔 내의 작은 놀이터에서 그네를 타며 수다를 떨고 있는 광경을 볼 때. 그 해 질 녘 풍경에 반한 나는 이튿날 아침 러닝을 우에노 공원이 아닌 그곳에서 하기로 마음먹었더랬다. 그때만 해도 묘지에서 달리기를 하는 게 처음이었기에 생각만큼 쉬운 일은 아니었다. 이른 아침에는 지하철역을 향해 야나카레이엔 중심을 가로지르는 주민이 많았고, 나는 어쩐지 그들을 마주하기가 민망해 길 한쪽 끝에 바짝 붙어서 고개를 숙이고 달렸다. 실제로 이상한 시선으로 보는 사람은 없었을 테지만 말이다. 거긴 묘지지만 동시에 공원이기도 하니까.

나는 짐작했다. 일본인들은 집에 불단을 놓고 아침저녁으로 망자에게 인사를 올리는 사람들이고, 그렇듯 망자를 가까이에, 일상의 영역에 머무르게 두는 사람들이기에 야나카레이엔이라는 발상도 나올 수 있었던 것 아닐까? 달릴 때 들었던 짧은 상념이었는데, 주저앉아 잠깐 휴식을 취할 때쯤에는 사고방식의 차이가 새삼 놀라웠다. 바로 옆 나라지만 우리는 죽음을 이렇게 다르게 받아들이는구나. 죽음을 다르게 여긴다는 건 결국 모든 걸 다르게 받아들인다는 의미나 마찬가지일 터였다. 나는 묘지 안의 요소요소를 곱씹을 때 발견되는 그런 감명이 좋았다. 이를테면, 야나카 레이엔은 10만 제곱미터나 되는 부지를 갖고 있으면서도 왜 저리 묘소를 작게 만드는 걸까? 나는 그것이 아마도 그 유명한 일본의 축소지향 미학인가 보다, 얼버무리듯 짐작했다가, 후일 교토의 오오타니 혼뵤大谷本廟에 다다르고서야 고쳐 생각했다. 간소하게 빈틈없이 차곡차곡 늘어선 비석들 위로 여명이 비치는 광경은 이곳 너머, 사람들이 돌아간 일종의 '질서의 세계'를 은유하기에 충분해 보였던 것이다.

밀라노의 시미테로 모누멘탈레Cimitero Monumentale도 달리기에 좋은 묘지다. 묘지cemetery와 기념관monumetal이 합쳐진 이름처럼 묘지면서 동시에 기념공원의 성격을 띠고 있다. 기념비가 체스말처럼 유독 빼곡히 들어선 공원. 25만 제곱미터에 달하는 이 거대 공원은 19세기 중반 밀라노 전역에 흩어져 있던 작은 묘지들을 일원화하기 위해 지어졌는데, 그래서 이질적인 것들이 대중없이 한데 모인 느낌이 있다. 기독교 색채를 띤 동상들과 그리스식 사당들, 오벨리스크, 가톨릭 묘와 유대인 묘까지. 걸음마다 새로운 뭔가가 등장하고 저마다 겹쳐서 장면을 만든다. 문득문득 달리다가 또 문득문득 멈춰 서서 오묘해하는 나의 묘지 러닝 특유의

Milan_Italy

Cappadocia_Türkiye

템포는 아마 그곳에서 형성됐을 것이다. 이곳 사람들이 무엇을 어떤 방식으로 경외하는지, 형식 안에 깃든 마음을 멋대로 상상하는 버릇도 함께.

튀르키예의 묘에서 발견할 수 있었던 것은 경외보다는 좀 더 애틋한 감정이다. 그리움. 각양각색으로 생긴 묘는 저마다 고인의 자취를 품고 있었다. 고인이 생전에 좋아했을 꽃이 심겨 있거나, 생전에 둘렀던 스카프가 매져 있거나, 작은 물건들이나 액자가 얹혀 있거나. 그리고 나는 감히, 그것만으로 튀르키예인이 어떤 사람인지를 가늠하곤 했다. 물론 튀르키예인의 성정에 대해서는 거리 동물만 봐도 곧장 알 수 있다. 나는 떠돌이 개와 고양이가 태평한 동네에 다다르면 그 어느 휴양지에서보다 선명히 평화와 행복을 느끼는 편인데, 지금껏 튀르키예의 개나 고양이만큼 경계심 약한 거리 동물은 본 적이 없다. 튀르키예에서 가장 즐거웠던 묘지 러닝의 기억이 카파도키아 위르기프Urgup에서인 것도 그런 이유다. 그 작은 마을에서는 마을 전체가 굽어보이는 언덕배기에 망자를 묻고 있었는데, 재미있게도, 그 가장 높은 둔덕에 흰색 래브라도 리트리버 한 마리가 터를 잡고 살고 있었다. 묘지의 파수꾼이라도 되는 것처럼. 튀르키예 중부 아나톨리아 대륙의 개들도 태평하기는 마찬가지라서, 그 녀석도

영 경계심이 없었다. 사람이 다가가도 경계는커녕 누운 채 시선을 돌려 딴청을 피울 뿐이었다. 나는 묘지의 가장자리만 서너 번 왕복해 달리며 개의 관심을 얻기 위해 노력했으나 경계 태세는 갈수록 소원해질 뿐이었다. 귀여운 파수꾼. 기암괴석들이 뿔처럼 솟아나는 동네의 머리통 하나 달린 케르베로스.

내 생애 달려 본 가장 비밀스러운 묘지는 뉴델리의 인디언 크리스천 묘지Indian Christian Cemetery다. 놀랍게도 이 기독교식 묘지는 델리의 중심인 코노트 플레이스Connaught Place에서 10분 거리에 위치해 있다. 여행자 거리인 파하르간지Paharganj의 바로 한 블록 뒤다. 하지만 또 놀랍게도, 그럼에도 쉽게 찾을 수가 없다. 민가나 상가 건물이 사방 한 블록씩 성벽처럼 에워싸고 있으며 그걸로도 모자라 높이 3미터는 됨 직한 콘크리트 담이 둘러져 있기 때문이다. 인도에서 기독교가 갖는 위상을 가늠할 수 있는 구조다. 내부 분위기도 마찬가지. 이끼 낀 묘소들 사이를 오래된 낙엽들이 구르고 있어, 꼭 융성했던 고대 도시의 잊힌 성터에라도 온 느낌이다. 아무튼 달리기에는 좋은 묘지다. 마름모 모양의 넓은 부지에 구획도 잘되어 있고 무엇보다 조용하다. 아침 녘의 묘지란 어디나 인적이 드물게 마련이지만 단순히 그런 문제

가 아니다. 거의 꿈속만큼이나 적막하다. 아름다운 묘소, 앉기에 불경한 곳만 기가 막히게 골라 앉은 까마귀, 만든 지 얼마 안 된 듯 샛노란 메리골드 다발 같은 것을 발견하면 한번씩 멈춰 서며, 나는 첫 방문에 한 시간 가까이를 달렸었다.

미국령인 괌은 기독교가 가장 주류 종교인 곳이다. 필리핀도 마찬가지. 90퍼센트가 넘는 인구가 크리스천이며 그중 90퍼센트 정도가 가톨릭 신자다. 괌 하갓냐Agana에 있는 피고 가톨릭 묘지Pigo Catholic Cemetery는 내가 묵는 숙소에서 꽤 멀었기 때문에 택시를 불렀는데, 그때 호텔로 온 택시기사가 필리핀 이민자였다. 그는 호텔 드라이브 웨이를 빠져나오며 행선지를 다시 한번 확인했다. "피고 가톨릭 묘지로 가는 게 맞죠?" 나는 내 운동복 행색 때문에 되묻는 건 아닐까 괜히 민망해져서 적당히 둘러댔다. 맞다고. 묘지를 둘러보다가 맞은편 아델럽 파크Adelup Park를 좀 달릴 요량이라고. 그런데 그가 돌려 준 답은 좀 의외의 것이었다. "피고 가톨릭 묘지도 달리기에 좋아요. 그리 크진 않지만 꼭 들판 같죠." 나는 흘끗 백미러로 그의 얼굴을 살폈으나 진의를 알 수는 없었다. 백미러에는 묵주가 감겨 있었고, 그 늘어진 끝에는 희한하게도 권총 모양 장식품이 달려 있었다.

세계 곳곳의 묘지 이야기를 실컷 늘어놓다 말고 괌에

서 만난 택시기사와의 대화를 자세히 묘사하는 흐름이 좀 의아했을지도 모르겠다. 다만 이 글이 어떤 이미지즘에 대한 것이라면, 이를테면 지나치게 나이 들어 기능을 멈춘 육신들, 그것들이 가지런히 묻힌 땅, 그 위에 조성된 각양각색의 장식들, 거기에 깃든 감정, 믿음, 경외, 그 정신들 사이를 헤집는 건강한 육신, 1초에도 얼마간 온몸이 공중에 떴다가 착지하는 달리기라는 경이로운 동작, 그 안에서 파도처럼 함께 일렁이는 정신, 가벼운 현혹과 깊은 신실함이 번갈아 치는, 그리고 조금 물러서서 보면, 그 풍경 속에 떠도는 참을 수 없는 우스꽝스러움, 형광색 스포츠웨어 차림으로 묘지를 달리는 러너…… 그런 것에 관한 이야기라면, 그 마무리는 응당 피고 가톨릭 묘지여야 한다고 생각했다. 괌 남서부에 위치한 이 작은 묘지는 내가 가 본 중 가장 낙원 같은 곳이었기 때문이다. 예수의 열두 제자를 형상화한 거대 동상이 전면 파사드를 따라 늘어서 있기에 바깥에서 보면 위용에 압도되는데, 그 너머에는 그저 꿈결 같은 들판이 펼쳐져 있다. 백미는 가톨릭 양식과 열대 지방의 미감이 뒤섞여 자아내는 독특한 아름다움이다. 생동하는 초록과 대비되는 새하얀 조형물, 형형색색의 열대 꽃 화환과 바람개비들. 그리고 내게서 그 이미지는 필리핀 이민자 택시기사가 운전을 하는

355

뒷모습의 이미지와 강력하게 연결되어 있다. 대시보드에 깔아 놓은 순백색 꽃 장식과 그 앞에서 괘종시계의 추처럼 흔들리는 십자가와 권총, 그 총구가 끊임없이 머리통을 겨누는 기사에게 말이다.

숙소로 돌아갈 때도 그 택시를 탔다. 택시기사가 나를 내려 준 후에도 떠나지 않고 계속 묘지를 어슬렁거렸으므로. 나는 그의 존재가 마음 쓰이긴 했지만 여기까지 왔으니 계획대로 달리기를 만끽하기로 했다. 그의 구경은 아주 정적이어서, 내가 한 바퀴 돌 때까지 같은 묘 앞에 서 있기도 했다. 묘소의 모양새나 묘비에 쓰인 글 너머의 무언가를 헤아리려는 사람처럼. 그래서 달리는 동안 그의 사연을 잠깐 상상하기도 했던 것 같다. 직접 묻지는 않았다. 나는 묘지의 러너였고, 이국의 묘지에서 상념에 잠겨 조용한 30분을 보낸 크리스천에게 죽음이나 상실, 종교에 대해 물을 수는 없었으니까. 그가 식사를 하고 나왔는지는 잘 모르겠지만 아무튼 우리는 돌아오는 길에 괌의 식당들 이야기만 했다.

SAVUR ∩ Ai

بِسْمِ اللَّهِ الرَّحْمَٰنِ الرَّحِيمِ

UALLA

VETERİNER
BURHAN
SAVUR
D . 1906
Ö .17.10.1985

ARINA

Istanbul_Türkiye

355

Litang, China

기다린 이들과 초대한 자들

우리는 밤새 누군가가 죽었기를 바랐다. 동티베트의 작은 마을 리탕에서 누군가가 죽었기를. 그 사실은 새벽녘 황량한 언덕 저편에서 인간의 형상이 커다란 마대자루를 끌며 나타났을 때에야 비로소 선명해졌다. 그 속에 시신이 든 게 아닐까, 문득 홍분에 휩싸이고 나자 깨닫게 된 것이다. '아, 우리는 누군가가 죽었기를 간절히 바랐구나.' 자루 속에는 무엇도 들어 있지 않았다. 자루를 든 여인 역시 언덕에서의 장례식을 구경하기 위해 이곳에 온 관광객이라고 했다. 혹여나 새벽 행사를 놓칠까 마대자루를 침낭 삼아 들판에서 잤다는 것이다. 그녀는 아무래도 오늘 장례식이 없을 것 같다며, 괜히 잠만 설쳤다고 툴툴대면서 언덕을 내려갔고, 친구와 나는 어쩐지 께름칙한 기분에 빠져 말없이 걷기만 했다. 그녀의 태도가 너무 노골적이고 불경하게 느껴졌던 탓이다. 더 정확히는, 그러나 우리도 그녀와 하나 다를 것 없이 노골적이고 불경한 관광객들이었을 것이기 때문에.

티베트의 몇 지역에서는 천장天葬이라는 독특한 장례 문화가 발달했다. 그곳의 고원은 너무나도 고원이라 시체를 땅에 묻어도 잘 부패하지 않는 탓이다. 그래서 티베트 사람들은 새들로 하여금 시체를 뜯어먹게 해 죽은 이를 하늘 위로 올리기로 했다. 설화나 전설처럼 낭만적인 뉘앙스로 들릴지 모르겠으나 그 실제 풍경은 물론 딴판이다. 들판에 혼백을 잃은 사람 몸을 덩그러니 뉘여 놓으면 새들은 자기 몫을 차지하기 위해 서로 다투며 그것을 축구공처럼 굴리고 당기고 찢는다. 그리고 그들이 사람의 표피와 겉으로 드러난 근육까지 다 먹고 나면 장례사들은 파편을 다시 그러모아 커다란 망치로 찧어 부수고 주무른다. 뼈까지 전부 가루로 만들어 일종의 경단을 만드는 것이다. 새들이 인간의 사체를 흔적도 없이 먹어 치우게 하려면 그럴 수 있는 형태를 만들어 줘야 하므로. 아무튼 우리도 우리가 그런 것을 보게 될 줄은 몰랐기에 거기까지 간 것이었다. 새들로 하여금 죽은 이의 시체를 뜯어 먹게 해 하늘 위로 올린다는, 그 말에

감도는 시적인 뉘앙스만 품고서 말이다.

　이제 와 내가 그날에 대해 말하고 싶은 것은 아직 산 자들의 마음이다. 결국 그 전날 리탕의 한 노파가 죽었고, 오전 9시쯤 되자 천장터에는 커다란 차 몇 대가 도착했다. 유족들, 장례사들과 벌거벗은 시신을 실은 차들이었다. 도착한 사람들은 차에서 내리자마자 애타게 우리를 불렀는데, 구경꾼을 내쫓으려는 것인가 했더니, 말인즉 그렇게 높은 언덕에 있다가는 새들에게 공격을 당하게 될 거라는 것이었다. 우리 곁에 있으라. 그들은 그렇게 말했다. 만약 새들을 찍고 싶다면 내가 찍어 줄 테니 카메라를 다오. 그렇게도 말했다. 마치 캠핑장에서 만난 넉살 좋은 이웃처럼 웃으면서. 누구 하나 애써 경건하지도 애써 밝지도 않았다. 그냥 목요일 오전의 사람들이었다.

　천장이 진행되는 동안 사체보다 좀 더 높은 곳에서는 승려들이 앉아 불경을 외웠고, 사체보다 좀 더 낮은 곳에서는 인부들이 커다란 솥에 참파(티베트 가정식)를 데워 그 냄새를 피웠다. 유족들이 그들 중 어느 곁에 위치해 있어야 하는지는 나도 잘 모른다. 그날은 8월인데도 손발이 시려울 정도로 추웠고, 결국 시신 곁을 지키던 유족들은 하나둘 언덕을 내려와 냄비 주변에 모이게 되었다. 그리고. 얼른 이쪽으로 오라. 잘 기억은 안 나지만 아마 누군가 우리를 다시 그리로 초대했던 것 같다. 그래서 그렇게 된 것이다. 누군가의 죽음을 기다렸던 구경꾼들과, 어머니를 잃은 중년 남자와 그들의 친구들이 둥글고 좁게 모여 작은 원을 만들게 된 것은. 저쪽 높은 들판에서는 차갑게, 그들 어머니의 몸이 새들에게 먹히고 있었고. 나는, 내 존재가 황망해 어쩔 줄을 몰랐던 것 같다. 겨우 '좋은 곳으로 가셨기를 바란다'는 표현을 티베트어로 어떻게 하는지 묻는 질문을 고안해 내거나 담배 한 대를 권했을 뿐. 고인의 아들은 그런 표현은 없다고 했고, 자신의 담배를 꺼내 태웠다.

Garze_China

러시아인 이야기

노승은 허허로운 벌판에 홀로 살았다. 해발 4천 미터 고도의 천장남로 너머, 토박이 택시기사 몇이나 겨우 기억하는 평야에. 그곳에 사원이라고도 창고라고도 할 수 있는 건물이 하나 숨어 있었다. 티베트 불교에 대한 중국 정부의 핍박이 심해질 적에 대금사大金寺의 보물인 경전 목각 판본들이 아득한 초원 아래에 숨겨졌고, 세월이 흐른 후에는 곧 그 자리가 판본 저장소 터가 되었다. 계획 없이 세워진 시설은 헛간에 가까운 모양새였고, 경황없이 묻혀 흙 속에서 오래 썩은 판본들은 조금만 압력을 가해도 부스러질 지경이었다. 그래도 보물이었다. 보물을 지킬 사람이 필요했다. 그런 연유로 노승은 이곳에서 지내게 되었고, 저장소 뒤편에는 간단간단한 취사 숙박 시설이 붙었다.

시설은 2층이었으나 승려는 꼭 1층에서만 지냈다. 부
엌 옆에 몸 뉘일 곳을 만들고 굳이 행랑살이를 했으니, 2층
을 손님방으로 두고 판본을 찾아오는 순례자를 기다릴 요
량이었던 듯하다. 노승은 매일 밭을 가꾸고, 밥을 해 먹고,
빨래를 하고, 말에게 여물을 주고, 경전 공부를 하며 하루를
보냈다. 동이 틀 무렵이면 야롱강雅礱江 건너의 자연 온천에
서 몸을 씻었고, 하루에도 몇 번씩 10제곱미터 남짓한 작은
사원 주위를 운동 삼아서 빙빙 돌며 걸었다. 얼마나 안온하
고 건강한 뉘앙스로 들릴지 모르겠으나, 그곳에 직접 가 본
다면 당신도 꼭 한 번은 '여기서 혼자 살면 위험하겠는데'
하고 생각하게 될 것이다. 아마도 사원을 끼고 흐르는 야롱
강을 보면서. 야롱강은 내천이라 불러도 좋을 작은 물줄기
지만 여름철이 되면 꽤 불었다. 유실된 토양이 섞여 붉은 빛
을 띤 물이 제법 매섭게 흘렀다.

첫 식사 자리에서 노승은 우리에게 말을 탈 줄 아느냐
고 물었다. "말을 탈 줄 아는 손님이 많나요?" 친구는 반문
으로 답했다. 딴엔 질문이었으나 어떤 뉘앙스로 전해졌는
지, 그는 머쓱하게 웃어 보였다. 그리고 자기 그릇을 부엌에
가져다 놓고, 물을 끓여 주전자를 갖고 온 후에야 뒤늦게 답

을 했다. "종종 있죠. 말을 탈 줄 안다는 사람들이. 하지만 막상 쫑바(노승의 말)에 올라타라고 하면 대부분 겁부터 내더라고요." 우리는 여전히 밥을 먹는 중이었다. 노승은 식사 속도가 빨랐다. 오직 밥만 먹었으니까. 감자채 볶음과 당근 양파 초절임을 내놓았으나 정작 자신은 당뇨 때문에 반찬을 먹지 못한다고 했다. 그런데 간도 보지 않고 만들었다는 음식은 맛이 꽤 빼어났다. 우리는 노승의 이야기를 들으며 천천히 고봉밥 한 그릇씩을 비웠다.

친구는 그의 중국어가 서툰 편이라고 했는데(중국어로 '감자'를 떠올리지 못해 '포테이토'라고 하기도 했다. 영어를 할 줄 아느냐고 물으면 또 손사래를 치기는 했지만.) 중국어를 못하는 내게 그건 아무래도 좋을 일이었다. 그저 속도와 톤이 일정하고 나직한 목소리가 듣기에 아늑할 뿐이었다. 큰돈을 시주하고선 굳이 바깥에 텐트를 치고 잤다는 영국인 커플 이야기, 몇십 명이 찾아와 당혹스러웠다는 독일인 단체 관광객 이야기, 4년 전 인도 여행 중에 대금사 스님을 만난 후로 매해 한 번씩은 꼭 찾아온다는 러시아인 이야기⋯⋯. 그는 손님들의 기억을 무척 소중히 여기는 것 같았다. 티베트어 특유의 억양이 중국어에 섞인 것을 오해한 것인지도 모르겠지만. "그 러시아인 친구가 말을 아주 잘 타요. 쫑바를 타고 나가면 휙 사라졌다가 서너 시간 뒤에야 나타나죠." 친구의 통역을 들으며 나는 자연스레 말 타는 상상을 하게 되었다. 그리고 문득 궁금해졌다. 여기서 서너 시간 말을 달리면 무엇을 만날 수 있는 걸까? 러시아인 친구는 그의 말을 타고 어디에 다녀오는 걸까? 구태여 그에게 묻지는 않았다. 통역까지 부탁하며 던지기에 마땅한 질문인지 확신이 들지는 않았으므로. 그래서 나는 그냥 오래된 목관악기 같은 그의 목소리를 계속 듣기만 했다.

　　우리는 사원에 사흘을 머물렀다. 그동안 손님은 오직 나와 친구 둘뿐이었다. 몇 년 전 중국 정부가 아청사亞靑寺 출입을 통제하고 라룽가르 일부를 철거하는 등 동티베트 여행을 어렵게 만들면서부터 손님은 급격히 줄었다고 했다. 결국 우리는 2층의 너른 손님방을 독차지할 수 있었는데, 그래서 좋았느냐고 하면, 글쎄. 단점도 있었다. 모르는 사람과 한 공간에서 자지 않아도 된다는 건 반길 일이었으나 그 휑한 공간이 폐가처럼 을씨년스러웠던 것이다. 전등을 끄고 나면 버려진 산장에 갇힌 기분으로 잠을 청해야 했고, 마지막 밤에는 정체를 알 수 없는 무언가에 시달리기까지 했다. 새벽에 불현듯 눈이 떠지고 보니 제대로 숨을 쉴 수가 없었다. 사지를 멀쩡히 움직일 수 있긴 했으나 보이지 않는 거대

한 손이 몸을 꽉 움켜쥔 듯 답답함과 불안감이 요동쳤다. 자세를 바꿔 봐도, 몸을 일으켜 앉아도, 옷을 하나씩 벗어 보아도. 나는 친구가 깨지 않도록 조심하며 오래 분투했다. 다시 옷을 모두 챙겨 입고 방을 나온 건 그로부터 20여 분 뒤였다. 결국 침대 위에서는 이길 수 없다는 걸 깨달았을 때. 담배라도 한 대 피우면 차도가 있을까 싶었다. 하지만 그래도 호전의 기미가 없었다면, 담배조차 도움이 되지 않았다면 과연 나는 어떻게 해야 했을까? 문밖은 너른 평야와 야롱강이 시원하게 펼쳐지는 사원 2층 난간이자, 아무런 안전장치가 없어 헛디디면 떨어지게 되어 있는 구조의 옥상이었다. 그 광경 앞에서 나는 거의 반사적으로 이런 생각을 했다. '죽으면 이 끔찍한 기분도 끝이 나겠지.' 그리고 그 생각에 너무 놀라서 잃어버린 물건을 찾는 사람처럼 황급히 담배를 꺼냈다.

나는 담배 딱 한 대를 최대한 천천히 태우면서 의식의 중심이 나에게서 세상으로 옮겨 가도록 부단히 빌어야 했다. 초조해하거나, 연달아 여러 대를 피우거나, 스스로에 골몰하면 안 될 것 같았다. 다만 빛 하나 없이 까맣게 어두운 새벽 벌판 위에서는 그게 생각처럼 쉽지 않은 일이었다. 눈길이 닿는 것마다 무언가가 시작되는 풍경이기보다는 무언가가 수명을 다한 풍경으로 보였다. 그래서 나는 국수 생각을 했다. 눈으로 온천을 좇는 동안, 아침 몇 시에 몸을 씻으러 간다고 했더라, 문득 노승의 생각을 했고, 노승이 걷는 모습을, 그러다 곧 그가 아까 저녁으로 만들어 준 따뜻한 국수를 떠올렸던 것이다.

국수는 의외로 빨간 국물이었다. 그가 메뉴를 예고했을 때 상상했던 것과 달리. 그리고 또 의외로, 색깔과 달리 아주 맑은 맛을 냈다. 간도 보지 않고 어떻게 이런 국물 맛을 내느냐고 감탄하자 노승은 활짝 웃었다. 그는 역시 국수를 먹지 않았다. 곡물 가루를 야크의 우유로 뭉쳐 반죽을 만든 후 조금씩 떼어 먹었다. 그 모습을 훔쳐보며 나는 슬쩍 의혹을 품었더랬다. 혹시, 친구가 당뇨라고 해석했던 그의 병세는 당뇨가 아닌 게 아닐까. 어쩌면 그보다 더한 병일지도 몰랐다. 노승은 작년에 청두에 있는 큰 병원에도 다녀왔다고 했다. 청두라면 사원에서 리탕 시내까지 차로 한 시간을 간 후 다시 버스를 타고 꼬박 열세 시간을 가야 하는 곳. 그는 일전에 말했던 러시아인 친구의 도움이 있었기에 자신도 가까스로 마음을 먹은 것이었다고 했다.

이야기가 거기까지 다다랐을 때, 노승은 대뜸 부탁 하나를 내놓았다. "혹시 휴대폰에 위챗이라는 게 있어요?" 그

러시아인 친구와 잠깐 영상 통화를 할 수 있느냐는 것이었다. 매해 오던 친구인데 올해는 오질 못했다며. 내 친구의 스마트폰에는 중국 메신저 앱 위챗이 깔려 있었고, 그녀는 흔쾌히 통화를 승낙했다. 노승은 곧 서랍을 뒤적여 종이 조각 하나를 꺼내 왔다. 러시아인 친구라는 사람의 ID인 듯했다. 그리고 다음 순간, 우리는 놀라운 사실 하나를 알게 되었다. 그의 러시아인 친구라는 인물이 20대 여성이었던 것이다. 처음에는 뭔가가 잘못된 거라 생각했으나, 화면을 본 노승은 활짝 웃어 보였다. 반가움의 미소였다. 메시지를 보내 놓고 답을 기다리며 차를 홀짝일 때는 기대감을 숨기지 못하듯 수선을 떨기도 했다. "꼭 저런 바지를 입고 다녀요." 프로필 사진 속, 무릎 부분이 찢어진 블랙 진을 말하는 것 같았다. "내가 뭘 몰라서 '이 친구가 가난한가 보다' 오래도록 오해를 하기도 했죠."

　　러시아인 친구에게서는 10여 분 만에 화답이 왔다. 친구는 화상통화를 연결해 스마트폰을 노승의 얼굴 쪽으로 건네주었고, 그리고 울었다. 급히 이쪽으로 고개를 돌리다 눈이 마주치고 보니 금방이라도 눈물이 터질 듯 시울이 붉고 그렁그렁한 눈이었다. 그녀는 내게 아까의 이야기 중 미처 통역해 주지 못한 부분을 말하려는 듯 이쪽으로 몸을 기울여

왔으나 목소리가 제대로 나오지 않는지 금방 그만두었다.

나는 모두가 잠든 새벽녘 옥상에 서서, 이제 와 그 울음에 대해 생각했다. 그것이 대체 무엇이었던가에 대해서. 그리고 담배를 다시 한 모금 세게 빨아들이는 동안, 물을 길어 내면 우물 바닥에 잠긴 무언가의 실체가 드러나듯, 그 감정의 정체를 알았다. 알았다고 생각했다. 친구는 아마도 사람들이 그렇게나 서로의 안부를 궁금해할 수 있다는 사실이 놀라워서 울었을 것이다. '펑요(친구)'라는 말이 그렇게 이상한 소리를 가진 단어인 줄 미처 몰랐기에 울었고, 노승이 그렇게 아이 같은 표정을 지을 줄 안다는 사실이 서러워서 울었을 것이다. 고개를 조금만 늦게 돌렸어도, 신경을 다른 쪽으로 돌리려는 노력이 조금만 늦었어도 눈물은 펑펑 쏟아졌을 것이다. 노승이 이 평원에서 이방인을 맞이할 때마다, 심지어는 자신의 말 쫑바를 보면서도 문득문득 친구를 떠올린다는 사실이 마음 아파서. 생각이 거기까지 닿은 이후로는 잘 지펴진 불처럼 떠오르는 무엇이든 눈물의 좋은 땔감이 되었겠지. 온천, 깜깜한 밤이 된 지금 낮의 사람들이 모두 떠나고 여전히 뜨겁게 그 자리에 남았을 온천. 보물, 이 벽 너머 어두운 헛간 속 모두 썩어 버렸고 그래서 슬프게 가벼운 보물들. 그리고 이 강, 멀리서 보면 폭이 좁아 금방 건널 수도

있을 듯 보이지만 실상 새빨간 물줄기가 사람 하나 따위는 대수롭잖게 집어삼킬 정도로 세차게 쏟아져 흐르는 강.

친구는 내가 벌인 분투를 이미 알고 있었다. 다음 날 간쯔 시내로 향하는 택시 안에서, 간밤에 내가 뒤척대는 소리와 바깥에서 보낸 긴 시간을 모두 느꼈다고 말했다. 나는 그때 내게 찾아온 수난을 털어놓았다. 살갗을 모두 벗어내 버리고 싶을 만큼 갑갑했다고. 스스로의 존재 자체를 잊고 싶을 만큼 불안했다고. 아무 이유도 없이. 그러자 그녀는 이렇게 답했다. "어제만 그랬어요? 저는 거기 머무르는 동안 계속 그랬는데." 나는 지난밤들에는 아무렇지 않았다. 날이 좋았기 때문일까? 종일 많이도 걸었기 때문일까? 그렇게 걷고도 아직 많은 것을 깊이 알지는 못했기 때문일까? 불안에 사로잡혔던 밤과 마찬가지로, 불안이 찾아오지 않는 밤의 이유도 명확히 알 수는 없었다.

379

지구 끝의 구루와 안방의 신

무교와 무신론자는 다른 개념이다. 무교는 단순히 종교를 갖지 않은 상태지만, 무신론자는 신이라는 존재 자체를 부정한다. 좀 더 능동적인 형태의 불신이랄까. 큰 교집합을 가지고 있긴 하겠으나 엄연히 각각의 차집합이 존재한다. 어딘가에 절대적 존재가 있을 거라 믿으면서도 종교는 갖지 않는 부류도 있고, 신의 존재는 믿지 않으나 종교를 가진 사람도 있다. 그리고 나는 그 벤다이어그램 안과 바깥 어디에도 포섭되지 않을 사람도 한 번 만난 적이 있다.

바라나시는 인도의 성도聖都다. 인도인들의 영혼이 흐른다는 갠지스강의 중류에 형성된 3천 년 고도로, 강줄기를 따라 1,500개가 넘는 힌두교 사원이 자리하고 있다. 나는

2016년 12월 중순에 그 도시를 찾아 사흘 정도 머물 예정이었으나, 도착은 예정한 것보다 거의 하루나 늦게 되었다. 악명 높은 인도 기차의 연착 때문이었다. 레일을 따라 정해진 구간을 오가는 기차라는 수단이 어떻게 늘 예정된 시간의 곱절은 걸리는지 여태 모를 일인데…… 아무튼 지친 몸을 이끌고 기차에서 내렸을 때 하늘은 이미 까만 밤이었다.

그 밤중에 나는 바라나시 주택가 골목을 헤집고 다녀야 했다. 택시기사는 몸뚱이만 한 가방을 두 개나 짊어진 동양인 여행객을 마을 중심부라는 곳에 아무렇게나 내려 주었고, 호텔이 속한 주택가는 마치 개미굴을 뒤집어 놓은 것처럼 생겼기 때문이었다. 골목과 계단이 체계 없이 잔뜩 늘어져 지금껏 개발된 어떤 지도로도 도무지 길을 찾아낼 수 없는 미로. 한참을 헤매다 결국 방향감각까지 잃은 나는 일단 강변 방면으로 나가 보기로 했다. 강이 잘 내려다보이는 방을 예약했으니 아마 바깥에서도 호텔이 보이겠거니 하고.

그러나 골목의 끝자락에 도달했을 때 나는 뒤돌아볼 생각을 못 하고 그대로 굳어 버렸다. 바라나시의 장엄한 풍경을 난생처음 목격했던 것이다. 지구 끝에라도 다다른 듯, 미로 같던 복잡한 문명은 등 뒤 거대한 담벽 너머에 뚝 끊겨 있었고, 기어코 신이 지금껏 얼버무려 놓은 세계에 도달한 듯 파도 없는 바다 같은 강이 펼쳐져 있었다. 어찌나 광활한지. 어찌나 경이로운지. 나는 강 바로 앞까지 걸어가 한동안 멍하니 서 있었고, 결국 세속의 걱정일랑 잠깐 잊고 일단 담배를 태우기로 했다.

그런데 그때, 두 모금쯤 뱉으려니 누군가 나를 불렀다. 강변을 따라 간간이 높은 제단이 설치되어 있었는데, 소리는 그 위에서 들려왔다. 바바, 즉 승려였다. 한밤중에 짐을 잔뜩 짊어지고 담배를 피우는 동양인의 행색이 워낙 눈에 띄긴 했을 것인데, 눈을 돌려 보니 그도 만만치 않았다. 스스로를 '화이트 바바'라고 소개한 그는 과연 머리부터 발끝까지 하얀색만 걸치고 있었다. "샌들까지 흰색이네" 알아봐 주자 그는 진심으로 기뻐하는 것 같았다. 우리는 함께 담배를 피우며(냄새로 미루어 그의 것은 그냥 담배가 아닌 것 같긴 했지만) 이야기를 나눴다. 그는 딱히 용건이 있어 나를 부른 것은 아니었다. 그저 잡담을 나눌 상대가 필요한 것 같았고, 미처 자각하지는 못했으나 그와 몇 마디 나눠 보니 나도 꼭 잡담 상대가 필요한 사람이었다.

우리는 한참 두런두런 문답을 주고받았다. 어디에서 왔는지, 그냥 휴가로 온 건지, 며칠이나 머무를 예정인지, 숙소는 잡았는지……. 나는 때로는 쓸데없이 긴 설명으로, 때

로는 질문과 큰 연관이 없는 헛소리로 그에 답했다. 그간 겪기로 꿍꿍이를 알 수 없는 인도인과 소통하는 가장 효과적인 태도가 '종잡을 수 없음'이었기 때문이다. 화이트 바바와의 대화도 얼마간 내 페이스대로 흘러가는 듯했다. 그러다 그가 대뜸 이런 질문을 던졌다. "자네는 신을 믿는가?" 나는 뭔가에 튕겨져 나오듯 번뜩 정신이 들었다. 실제로 반사적으로 허리를 좀 펴기도 했고. 당황스러움이 지나가자 곧 실망감과 허탈한 웃음이 뒤따랐다. 대화 상대가 필요한 줄 알았더니, 그저 포교로써 스스로의 믿음을 증명하고 싶었던 것이었나. 나는 담배를 깊게 한 번 빨아 내뱉은 후에 미소를 머금고 답했다. "아니." 마음껏 설교하도록 내버려 둘 요량이었다. 그런데 다음 순간, 그의 입에서 나온 말은 좀 놀라운 것이었다. "그런가? 바라나시에는 수많은 신이 있다. 내게도 많은 신이 있고. 만약 너에게 아직 신이 없다면, 너의 어머니가 네 첫 번째 신이 되게 하라. 어머니가 없었다면 너는 이 세상을 만나지도, 크지도, 바라나시까지 와서 이렇게 나와 이야기를 나눌 수도 없다. 어머니는 늘 모든 이의 첫 번째 신이다."

나는, 솔직히 그의 말에 적잖이 감동받았던 것 같다.

이어지는 이야기. 이튿날 나는 현지인 친구를 둘 사귀었다. 크리슈나와 쌈. 꼭 만화영화에 나오는 악당 콤비처럼 한 명은 길쭉하고 한 명은 짤막한 두 사람은 멍하니 강변에 선 동양인 관광객의 손목시계가 얼마짜리인지, 하룻밤에 얼마짜리인 숙소에 묵는지를 궁금해했다. 나는 쌈의 무뚝뚝한 표정과 그럼에도 다정해 보이는 인상이 좋았고, 힌두교지만 그냥 멋있어 보여서 팔뚝에 커다란 십자가 문신을 새겼다는 크리슈나의 성격이 마음에 들었다. 바라나시에서는 누구나 그러하듯 우리는 그저 걸으며 시간을 보냈다. 걷고, 담배를 피우고, 노점에서 차이를 사 마시고, 그들이 이끄는 대로 위험천만한 건물 외벽을 타 넘기도 하면서. 청소 인력들이 길을 모조리 막아 놓았기에 벌어진 어이없는 일이었는데, 지금 생각해 보니 와중에 일말의 스릴도 느꼈던 것 같다. 팔뚝에 커다란 십자가 타투를 새긴 악당 콤비가 심드렁한 표정으로 손짓하지 않았다면 영화배우도 아닌 한국인 남자가 바라나시 건물에 매달리는 경험을 언제 해 보겠는가. 우리는 북쪽으로, 화장터를 겸하는 사원 마니카르니카 가트Manikarnika Ghat까지 걸어가 불타다 만 인간의 몸뚱이가 강에 떠내려가는 것을 구경하기도 하고, 아시 가트Assi Ghat 근방에서는 보트를 타고 맞은편 사구까지 다녀오기도 했다. 그러다 지치

면 아무 데나 앉아서 강을 보며 이야기를 나눴다. 보트의 적
정 요금 기준에서부터 지난여름의 큰 홍수에 이르기까지, 대
충 손에 잡히는 주제로.

어쩌다 카스트 제도로까지 이야기가 흘렀는지는 기억
나지 않는다. 아무튼 계급에 대한 얘기를 하던 와중에 의문
이 생긴 내가 이렇게 물었더랬다. "그럼 바바는 브라만(성직
자)이야?" 크리슈나는 눈살을 찌푸리며 고개를 내저었다.
마치 콧잔등에 난생처음 보는 벌레라도 내려앉은 듯이 빠르
게. 그의 말에 따르면 놀랍게도, 바바의 정체는 아무것도 아
닌 놈nobody이었다. "약에 쩔어 있는 애들이지. 그냥 나이 많
이 먹은 인간이 일도 안 하고 장가도 안 가면 동네 사람들이
걔를 바바로 임명해 주는 거야. 그러면 관광객 상대로 현자
인 척 약 팔아서 먹고사는 거고. 정말 아무것도 아냐. 바바
가 죽으면 사람들은 걔 시체를 그냥 강에 던져 버려." 나는
그 말을 듣고 한참을 웃었다. 쌈은 대체 크리슈나가 뭐라고
했기에 내가 그리 웃는지 궁금해했는데, 나는 크리슈나가
아니라 내 상상 때문에 웃고 있었다. 순간적으로, 동네 사람
들이 헹가래 치듯 화이트 바바를 강물에 던지는 장면을 떠
올려 버린 것이다. 좀 부적절한 웃음이기는 했다.

그러나 또한, 내가 그 후로도 바라나시의 바바가 들려준 충고를 어찌나 자주 떠올렸는지 모르지. 이를테면 아이를 안은 여인들을 마주할 때마다. 어떤 종류의 마음을 목도할 때마다.

Tokyo_Japan

다음에 또 만나요

어머니께서는 내가 혼자 살지는 못할 거라고 하셨다. "너는 어릴 때부터 외로움을 너무 많이 탔어." 고향의 새로 생긴 식당에서 둘이 밥을 먹다가, 내가 무슨 거창한 고백이라도 하듯이 "어머니, 저는 결혼을 못 할 것 같아요" 말한 차였다. 집의 모든 공간이 누군가와의 공용이라고 생각만 해도, 어디야, 언제 들어와, 애정 어린 메시지가 온다는 상상만 해도 숨이 턱턱 막힌다고 말이다. 하지만 어머니는 식사도 멈추지 않은 채로 대수롭지 않게 대꾸했다. 나는 기어 다니던 시절부터 곁에 돌봐 주는 사람이 없으면 세차게 울어 대는 아이였다는 것이다. 그 반응은 내게 꽤나 충격적이었던 터라 10년이 지나도록 선명히 기억하고 있다. 그때나 지금이나

그녀는 내 가장 친한 친구 중 하나고, 나에 대한 판단에서 별로 틀린 적이 없었으니까. 요즘은 내가 평생 홀로 사는 건 아닐까 슬슬 걱정을 하시는 것처럼 보이기도 하지만, 어쨌든.

어쨌든 나는 이 글에서 어머니와의 도쿄 여행을 자랑하고 싶다. 내가 어머니와 단둘이 해외여행을 다녀왔다고 하면 사람들은 대뜸 칭찬이나 위로를 건넸다. "수고 많았겠다." "싸우지는 않았고?" "효자네." 그게 어떤 뜻인지는 안다. 아버지를 모시고 여행을 다녀온 적도 있는데, 효도 차원에서 함께 가자고 했다가 큰 수고를 했고, 결국 두 번 가서 두 번 다 싸웠으니까. 그러나 다행히도 어머니와 나는 그런 사이가 아니다. 우리는 한순간도 책임감이나 도리 같은 걸 떠올릴 여지가 없는 사이고, 여러모로 죽이 잘 맞으며, 그래서 도쿄에서도 그저 즐겁게 놀았다.

우리는 긴자 같은 번화가나 가구라자카神樂坂 같은 오래된 거리, 우에노 공원, 고토쿠지豪德寺 같은 신사를 거닐고 해가 지면 술을 마셨다. 때로는 채 해가 저물기도 전에. 전 세계의 재즈 뮤지션이 몰려들어 밴드 구성을 바꾸며 밤새 즉흥연주를 벌이는 재즈클럽에서 공연을 봤고, 100엔을 내면 노래를 한 곡씩 부를 수 있는 시부야의 주점, 여장 남자들이 운영하는 신주쿠 니초메의 바, 피자와 맥주에 고수를 넣어

절묘한 맛을 낼 줄 아는 시모키타자와下北沢의 펍에도 갔다. 어머니는 바나나 크레페나 파테, 가이센동 같은 음식은 처음 먹어 본다고 했다. 그리고 나는 그녀가 그렇게 많이 먹을 수 있는 사람인지 처음 알았다. 어머니는 가이센동 한 그릇과 생맥주 큰 잔을 비우고 도미 육수에 밥까지 말아 먹었다.

잔뜩 취한 우리가 하이볼 캔을 홀짝이며 숙소 근처 초등학교 운동장에 앉아 했던 이야기, 지금은 대대적 리뉴얼에 들어갔다고 하는 아라카와荒川 강변 낡은 유원지의 벤치에서 했던 이야기. 만약 도쿄 여행이 어떤 식으로든 좌초되어 그런 이야기들을 할 기회가 없었다면 그건 아무래도 안타까운 일이었을 것이다. 우리는 정말 최고로 좋은 시간을 보냈다. 다시 간다면 실패 확률이 한층 낮은 더 훌륭한 여행 계획을 짤 수도 있겠으나, 만약의 세계가 아닌 현실의 세계에서, 나는 어머니도 분명 그렇게 생각하고 계시리라 확신한다.

그 여행에서 내게 가장 힘들었던 것, 그건 어머니가 나보다 네 시간 먼저 도쿄를 떠났다는 사실이다. 어머니는 나리타 공항에서 김해로, 나는 하네다 공항에서 인천으로 각자 돌아가야 했기 때문이다. 어머니는 덕분에 재미있게 잘 놀았어, 말하곤 공항 리무진에 올라탔고, 나는 출국까지 남은 시간을 트렁크를 맡겨 놓은 도쿄역 인근에서 서성거리며

보냈다. 이상한 건, 내가 그 네 시간 동안 사무칠 정도로 외롭고 서러웠다는 것이다. 거리에 석양이 들기 시작하자 파도처럼 끊임없이, 막을 길 없이 목이 메어 왔고, 히비야 공원 日比谷 公園의 호수나 황궁을 둘러싼 해자를 내려다볼 때는 엉엉 울고 싶은 충동에 사로잡히기도 했다. 스스로도 영문을 알 수가 없었다. 우리는 아쉬울 것 없이 정말 재미있게 놀았는데 왜? 고작 몇 시간 먼저 돌아갔는데 왜? 애초에 서울과 부산에 따로 떨어져 살다가 여행지에서 며칠 같이 보낸 것뿐인데 도대체 왜?

그에 대한 답은 훗날 누군가가 대신해 주었다. "당연히 그렇죠." 그저 당연하다는 말을 답이라고 할 수 있을까마는. 뭐가 당연하다는 건지도 모르겠지만 아무튼 질문부터가 잘못되었다는 투였기에 나는 "그런가요" 맥없이 답했다. 그러나 그녀가 단언하듯 "당연하죠" 한 번 더 덧붙였을 때는 어쩐지 수긍이 가기도 했다. 그렇구나. 그건 당연한 감정이구나. 세상에는 함께한 짧은 여행이 끝날 때 휘몰아치는 슬픔 같은 것도 있구나. 나는 곧 그녀에게 맥락 없는 이야기를 늘어놓기 시작했다. 그 순간 그녀가 무슨 말이든 알아들을 사람 같았던 것일까? 적어도 사랑과 슬픔의 관계에 대해서는 일가견이 있는 사람이었을 것이다.

"제가 어릴 때, 초등학교 저학년 때 반 친구들과 잘 못 어울렸었나 봐요. 어머니는 그걸 알고 소풍날에 따라오는 사람이었고요. 그래서 소풍지였던 해변에서 둘이 놀았대요. 너무 재미있게 놀고 있으니까 다른 아이들이 다가와서 같이 놀아도 되냐고 물었다고. 어머니는 그 얘기를 할 때마다 좀 자랑스러워 보였는데요……."

언젠가는 모든 곳이 여행지가 될 것이다

나는 부산 태생이다. 스무 살이 될 때까지 부모님, 형과 함께 해운대의 집에서 이사 한 번 가지 않고 쭉 살았다. 그리고 대학에 진학한 후부터 지금까지 서울에서 혼자 살고 있다. 2년마다 새로운 집을 전전하면서. 형은 장가를 가며 분가했고, 이제는 부모님만이 우리가 함께 19년을 살았던 그 집에 살고 있다. 나는 일련의 사실이 내 정서나 사고방식에 얼마나 영향을 끼쳤을지 가늠해 보려 하지만, 사실 그런 셈이 불가능하다는 것도 알고 있다. 그저 서울 토박이인 친구들과 이야기를 나누는 어느 순간에 이르러 문득문득 아득해할 뿐이다. 아, 우리는 아마, 평생 서로의 어떤 부분을 이해할 수가 없이 살겠구나, 하고.

이를테면 나는 대학생 때 고향에 내려가는 KTX 안에서 울곤 했다. 이유는 모른다. '고군분투했지만 결국 이렇게 밀려나 돌아간다'는 뭐 그런 유난스러운 모티브가 작동했던 것 같은데, 스스로도 이해할 수 없는 마음이라 누군가에게 납득시키려 노력해 본 적은 없었다. 그렇듯 아무 부연 없이 말해도 '뭔지 알 것 같다'고 하는 사람들이 있다는 게 놀라울 따름이었다. 전부 타향살이하는 사람들이었다. '고향'이라는 오묘한 감흥은 아마 우리끼리만 공유할 수 있는 성질의 것인 듯했다.

고향 집에 내려가 늦잠을 잘 때의 기분 같은 것도 좋은 예가 될 것 같다. 내 삶의 터전이 아닌 도시에서 익숙한 냄새에 둘러싸여 잠을 자는데, 바깥은 TV 소리, 밥 짓는 소리, 아버지가 운동 나가는 소리로 수선스럽고, 그 소리들은 너무 활기차서 피곤하지만 동시에 더없이 달콤하다. 내가 이렇게 아무 걱정 없이 누워 있는 동안 부모님이, 세상이, 저리도 성실히 하루를 시작한다. 그리고 곧 나는 이것이 왜 이토록 달콤한지를 깨닫는다. 무슨 이유에선가 학교에 가지 않았던 어린 시절 언젠가의 기억. 내 자리가 빈 교실을 떠올리며 선잠에 들었다 깼다를 반복했던 생경한 낮의 기억. 이 낮잠의 감흥이란 그 기억과 놀랍도록 닮았기 때문이다.

평생 태어난 곳에서 산 사람이 '돌아갈 곳'에 대한 이런 마음을 이해할 수 없듯, 고향을 잃은 사람의 마음도 내가 알지는 못할 것이다. 쓰고 보니 비장하게 들리지만 요즘 같은 세상, 우리 같은 나이대에는 고향 집이 쉽게 사라진다. 이사를 가서, 재개발되어서, 혹은 집은 그대로지만 거기에 부모님이 더 이상 못 계시게 되어서. 몇 년 전 겨울날 셋방을 보러 한밤중까지 서울 곳곳을 쏘다닐 때 그런 생각이 들었더랬다. 부산 집이라는 존재가 없어지면, 나는 이 부초 같은 삶을 어떻게 견디며 살지?

아마 틈틈이 여행을 떠나며 살 테다. 그건 지금도 마찬가지지만 어쩌면 좀 더 항구 마을을 찾게 되지 않을까? 아무리 부지런한 여행자도 항구 마을보다 더 일찍 하루를 시작할 수는 없고, 아무리 게으른 여행자도 항구 마을보다 먼저 잠들기는 힘들다. 나는 볕이 커튼 너머로 스밀 때까지 수선스러운 소리를 들으며 자다가, 해가 지면 일체의 활기가 묘연히 사라진 거리를 혼자 휘젓고 다닐 것이다. 분명 고향 집에서의 안온한 휴일과 맞닿은 감흥이 있을 것인데, 그게 만족감을 안겨 줄지 비애감을 안겨 줄지는 내가 알 수 있는 것이 아니다. 아직까지는.

Cinque Terre_Italy

짧은 휴가

Short Vacation

ⓒ 오성윤, Printed in Korea

1판 1쇄 2023년 1월 30일
ISBN 979-11-89385-38-5

지은이. 오성윤
펴낸이. 김정옥

편집. 김정옥, 조용범, 눈씨 마케팅. 황은진 디자인. 석윤이
종이. 한승지류유통 제작. 정민문화사 물류. 런닝북

펴낸곳. 도서출판 어떤책 주소. 03706 서울시 서대문구 성산로 253-4 402호
전화. 02-333-1395 팩스. 02-6442-1395 전자우편. acertainbook@naver.com
블로그. blog.naver.com/acertainbook 페이스북. www.fb.com/acertainbook
인스타그램. www.instagram.com/acertainbook_official

어떤책의 책들

안녕하세요, 어떤책입니다. 여러분의 책 이야기가 궁금합니다.

블로그 blog.naver.com/acertainbook
페이스북 www.fb.com/acertainbook
인스타그램 www.instagram.com/acertainbook_official

점선을 따라 가위로 오려서 보내 주세요. 우표 없이 우체통에 넣으시면 됩니다. ✄

보내는 분

이메일

주소

이름

03706 서울시 서대문구 성산로 253-4 402호

도서출판 어떤책

a certain book

받는 분

우편요금
수취인 후납
발송유효기간
2021.7.1~2023.6.30
서대문우체국
제40454호

저희 책을 읽어 주셔서 감사합니다. 독자엽서를 보내 주시면 지난 책을 돌이켜보고 새 책을 기획하는 데 참고하겠습니다.

1. 《짧은 휴가》를 구입하신 이유

2. 구입하신 서점

3. 이 책에서 특별히 인상 깊은 부분이 있다면 무엇인가요?

4. 오성윤 작가에게 하고 싶은 말씀이 있다면 돌려주세요. 대신 전해 드립니다.

5. 출판사에 하고 싶은 말씀이 있다면 돌려주세요.

보내 주신 내용은 어떤책 SNS에 무기명으로 인용될 수 있습니다. 이해 바랍니다.

점선을 따라 가위로 오려서 보내 주세요. 우표 없이 우체통에 넣으시면 됩니다. ✂